El abrazo infinito

El abrazo infinito

El abrazo infinito

Quiero agradecer a mi hermana Adriana Catizone el dibujo de cubierta de este libro.

El abrazo infinito

Impresión y editorial: BoD – Books on
Demand
info@bod.com.es - www. bod.com.es
Impreso en Alemania – Printed in
Germany
ISBN: 9788413731421

EL ABRAZO INFINITO

JUAN CARLOS CATIZONE

El abrazo infinito

LA CHICA DEL MANANTIAL

Dedicado a Eduardo González Ascanio, coautor de la canción "La Chica del Manantial", y a mi hermana Mavi, con quien la canté.

Al mediodía aún quedaban algunos tenues retazos de las brumas que durante la noche se habían adueñado de los campos, bosques y senderos de toda la comarca. La calzada estaba muy escurridiza por la lluvia reciente.

Desde la carretera se empezaban a divisar las profundidades del inmenso barranco que surca la isla de su interior hasta el océano Atlántico, cambiando varias veces de nombre en su periplo descendente por distintos términos municipales.

Así, a unos quince kilómetros de la cumbre, donde nace, se le conoce como Barranco

Crespo, más adelante como Barranco de la Virgen, luego cómo Barranco de Guadalupe, Barranco Oscuro, y en su tramo final, Barranco Azuaje.

Solo en unos pocos segmentos de esa larga y verde hondonada, el agua discurre durante todo el año en mansos arroyuelos.

Moisés era un joven serio y taciturno, de mirada hosca y carácter irritable. Su figura agraciada, sin embargo, hacía que, llevara lo que llevara puesto encima, resultase elegante. Gustaba ir vestido con cierta distinción y originalidad, sin apartarse demasiado de un estilo sobrio.

Iba subiendo en su auto, un viejo Seat 127 blanco, sin otra compañía que sus recuerdos, hacia un hermoso paraje protegido por su riqueza en flora y fauna autóctonas, ubicado entre Moya y Fontanales, junto al cauce de Barranco Oscuro, donde poseía una pequeña casa cueva, excavada en roca firme, que era perfectamente habitable, -aunque en aquella época aún carecía de luz eléctrica- con veintidós áreas de terreno en las que había distintas variedades de árboles frutales: ciruelos, naranjos, manzanos, perales, higueras, etc.

Como los terrenos se encontraban en una ladera, se dividían en varias terrazas escalonadas, la última de las cuales estaba rodeada por un espeso bosque de laurisilva, que descendía hasta el lecho mismo de aquella inmensa quebrada.

Había comprado la cueva y los terrenos con sus frutales a un familiar de Mercedes, una *yerbera* de la zona que conoció en un curso de fitoterapia, y, después de un tiempo, empezaba a ver los primeros resultados de su trabajo allí. Ante la fachada de la cueva, que los lugareños llamaban La Gorgona, había armado un emparrado que ese otoño, por primera vez, se había llenado de grandes racimos de uva blanca, y en el parterre que él mismo había construido a un lado del acceso a la gruta, las hierbas medicinales que Mercedita le había estado regalando a lo largo de todo ese tiempo, exhalaban unos aromas deliciosos cada vez que las agitaba el viento. Allí tenía espliego, milenrama y doradilla (que con su denso jugo amarillo hace caer las verrugas), tomillo, orégano, salvia, rompepiedras (que según la sabiduría popular hace pedazos los cálculos del riñón del mismo modo que con sus raíces desmenuza las piedras entre las que crece), caña limón, hierba luisa, y muchas otras.

También plantó nuevos frutales, que ya habían crecido visiblemente: varios caquis, nectarinos y un moral que daba moras blancas.

Moisés, con su habitual malhumor, abrió la puerta de La Gorgona (siempre se había preguntado si guardaba alguna relación con el monstruo mitológico del mismo nombre), y soltó la mochila sobre el camastro de madera. El resto del mobiliario se reducía a una mesita de noche, un ropero, una gran mesa cuadrada con cuatro sillas, todo en madera y en estilo rústico. Encima de la mesita de noche había una vela con su correspondiente palmatoria, y una caja de fósforos. En el suelo, una bombona de gas butano de un único fogón era todo lo que había para cocinar, y encima de una tabla soportada a cada lado por varios ladrillos apilados, unos cuantos platos, tazas, vasos y cubiertos amontonados en el interior de un par de palanganas. Abrió las hojas de la única ventana de que disponía su rústico refugio, para que entraran de inmediato el aire fresco y la luz del sol, y lavando la cafetera bajo el grifo de agua corriente, se preparó un café que le hizo entrar en calor. Sentado junto a la mesa, mientras sorbía la aromática bebida, se miró alrededor. En las paredes albeadas recientemente no se veía el menor rastro de humedad, tan solo olían a cal; su superficie no era del todo uniforme, se apreciaba que habían sido talladas a pico, tal vez rematadas a cincel, y en su resonante oquedad, evocaban la fábula de Polifemo y Galatea, de Luis de Góngora, que dice, al referirse a las cuevas: "Del formidable bostezo de la tierra, el melancólico vacío..."

Al subir de La Gorgona hacia el Sur, caminando en dirección contraria el curso del barranco, a unos setecientos metros de la cueva, se encontraba, entre campos arados y huertos rodeados de vallas, profusamente surtidos de pimientos, calabazas, berenjenas y tomates, la casa de Eduardo, el maestro.

Eduardo, que daba clases en la escuela de Fontanales, era un hombre culto y refinado, cuya apariencia física desmentía denodadamente el hecho de que fuese depositario de un vasto saber. Y sin embargo, lo era. Un buen día, en tono jocoso, Moisés lo apodó el sátiro, y así lo siguió llamando, incluso en las discusiones más acaloradas, en las que el mote asumía un cariz despectivo.

Su apariencia física era la del sátiro clásico, un hombrecito de pecho hirsuto y cuerpo rechoncho, de barba poblada y mirada despierta y traviesa en un rostro de una tosquedad próxima a lo animal, pero, en su conjunto, armonioso. Un sátiro muy distinto al joven longilíneo del clasicismo tardío, que más bien parece un atleta acabado de salir de la palestra.

Eduardo lo saludó con un guiño mientras mordía una naranja que ya estaba en sazón. Enseguida propuso un asadero de bienvenida: hacía varios meses que no se veían. Él se ocuparía de la carne y del vino y Moisés de desenfundar la guitarra y afinarla.

Porque a Moisés no se le podía pedir mucho más. Tenía mucha y muy buena música en la cabeza, pero a la hora de plasmarla a la guitarra todo quedaba en un confuso martilleo de cuerdas, un farfullo sin una estructura aparente. El sátiro, en cambio, a duras penas sabía articular los acordes más básicos con la mano izquierda, pero tenía un sentido innato del ritmo al rasguear con la derecha, y una voz tan cálida, afinada y sugerente que siempre terminaba convirtiéndose en el alma de la fiesta.

Al caer de la tarde, los dos tomaron café en el exterior de la gruta. Para ello habían sacado la mesa y dos sillas que dispusieron hacia el oriente. Mientras que el sátiro canturreaba una tonada muy rítmica acompañándose a la guitarra, Moisés lo escuchaba en silencio entre un sorbo y otro de café. Al mismo tiempo, tenía la mirada puesta en la casa pintada de blanco que había enfrente, a menos de un kilómetro de allí. Campo a través, hacia el este, una servidumbre de paso conducía a aquella bonita edificación de dos plantas construida sobre una estrecha loma que dominaba todo el barranco, como águila descansando encaramada en las alturas. Allí vivían don José y su familia, gente sufrida y trabajadora que por muchas generaciones había vivido del cultivo de los campos y de la ganadería.

Moisés, mientras su amigo se empleaba a fondo en interpretar en un buen francés una canción de Georges Brassens, pensaba en su pintura, el verdadero motivo que lo había conducido hasta allí. Maquinalmente, al terminar la canción, le preguntó al amigo acerca del significado de su texto. Había estudiado francés, pero su nivel no era lo suficientemente alto como para entender muy bien a Brassens.

"Háblenme de la lluvia y no del buen tiempo

El buen tiempo me disgusta y me hace rechinar los dientes

El bello azul me hace enfurecer

Pues el amor más grande que me han dado sobre la Tierra

Se lo debo al mal tiempo, se lo debo a Júpiter."

—Y no sigo, que la canción es muy larga. Además, está en Internet.

Dijo bostezando, y añadió:

—Tras esta breve incursión en la canción de autor con sabor a tinto de Borgoña, volvemos a los Chunguitos.

Siempre estaba de coña, el muy payaso. Con esa cara de circunstancias que ponía, tardabas el tiempo suficiente en darte cuenta de que mentía de forma descarada, como para que se desternillara de risa en tus narices, y eso que todavía no había empezado a fardar de sus proezas de alcoba… ahí sí que la realidad y la ficción se entremezclaban de forma fantasmagórica y prodigiosa.

El sátiro era de esa clase de amigos que le aportaba esa chispa de comicidad a su excesiva gravedad de carácter, que lo ayudaba a ver que no hay nada más grotesco que alguien que se toma demasiado en serio. Ese era un hecho que le ayudaba a reírse sanamente de sí mismo. Por esa razón, y por muchas otras, Moisés, cuyas amistades se podían contar con los dedos de ambas manos, lo valoraba tanto.

Habían aplazado el asadero para el día siguiente, porque Moisés se encontraba algo cansado y prefería irse a dormir poco después de la puesta de sol, levantarse sin prisas, y después de desayunar, dar comienzo a su particular safari fotográfico.

Se trataba de ir en busca de espacios y paisajes que solo se pudieran descubrir andando por senderos recónditos, alejados de las carreteras, poblaciones y caseríos, en la espesura, o en riscos y hondonadas de difícil acceso. Una vez fotografiados, se trataba de pintarlos a la acuarela, si resultaban ser lo bastante inspiradores.

Moisés perseguía algo más que eso: buscaba el momento mágico, esa fracción de segundo en la que lo numinoso se hace perceptible, palpable, en la naturaleza. Ya en el catre Moisés se puso a releer una entrevista realizada por Giovanni Papini al arquitecto Frank Lloyd Wright en 1952: *"Una cueva montañesa alisada y ampliada, un antro acomodado con oportunos trabajos, una bella caverna provista de las comodidades indispensables, (...) he ahí las moradas de hace cien siglos, he ahí las moradas del futuro."*

Ya había oscurecido. Hacía un instante que el canto de centenares, de miles de pájaros había enmudecido repentinamente, como si hubieran acordado fijar una hora exacta para tal evento.

En ese silencio que es preámbulo a las horas nocturnas, Moisés apagó la llama de la vela de un soplo, y se arrebujó en el edredón.

Por un instante su memoria le jugó la mala pasada de remontarse a los tiempos en los que iba allí con María, su exmujer. Pero pronto prevaleció el sueño, y todo aquello se esfumó como un espejismo.

II

Cuando despertó, la luz del sol ya penetraba con timidez por la estancia a través de los cristales de la ventana, que tenía los postigos entornados.

Eran las ocho de la mañana, Moisés se levantó de un salto. El cielo estaba nublado y una densa bruma apenas permitía ver un bulto oscuro allá donde estaba la casa de don José. Tras tomarse un café recalentado y un bocadillo que se había traído de casa, salió con su cámara, una gabardina larga, azul, con capucha, y unas botas altas, pues aunque no diluviara, la llovizna permanente que estaba cayendo a la larga podía dejarlo empapado.

En las inmediaciones de la cueva habían crecido varias acelgas, sin que él jamás las hubiese plantado. Seguramente habrían germinado de simientes arrastradas por el viento.

Se acordó de que al regreso tenía que pasar por la tienda de aceite y vinagre de Corvo, el pago más cercano, para hacer una pequeña compra.

Pan, aceite de oliva, queso del país, tres cabezas de ajo… tenía las acelgas… en cuanto a los limones, ya había un par de limoneros cargaditos allí en lo suyo.

Por la mañana solía tomar el desayuno tradicional de los lugareños: infusión de hojas de nogal con pan caliente y queso del país. Él lo prefería con tomate, ajo y aceite de oliva, pero debido al intenso olor del ajo que se quedaba en su boca y en sus manos, solo se permitía ese manjar si sabía que no iba a ver a nadie hasta que hubieran transcurrido unas horas.

Aún entre brumas, -que conforme avanzaba el día se tornaban menos espesas-, y a pesar de la llovizna que de forma paulatina se fue entremezclando con los tibios rayos del sol, la vista panorámica de la quebrada seguía siendo grandiosa. Allá abajo se podía contemplar, en un punto en el que el barranco se ensanchaba, un caserío blanco compuesto de dos casitas adosadas, un cobertizo y un cuarto de aperos de labranza. Todo ello en medio de campos arados que comenzaban a poblarse con los brotes de las distintas variedades de hortalizas sembradas. Un poco más allá, las ramas de los naranjos, que estaban dispuestos en rigurosa cuadrícula, parecían estar a punto de romperse, tan cargadas estaban de sus jugosos frutos.

El conjunto rezumaba una paz atemporal, convirtiéndose en el objeto de su primera captura fotográfica.

Para estar más en sintonía con el trabajo que se proponía realizar allí, solo se había traído un viejo celular sin conexión a internet, dejando en casa su ordenador portátil, que normalmente consideraba una prolongación de sí mismo. Necesitaba desconectar completamente. En este siglo lleno de compulsiones, tics, y adicciones, en lo que se refiere a la tecnología digital, quien más, quien menos, después de unas horas sin WhatsApp, sin Google o sin correo electrónico, empezará a dar señales de nerviosismo, a sentirse como si lo hubiesen abandonado en una isla desierta en medio del océano.

A ratos Moisés sintió el poderoso impulso de ir corriendo a la casa del sátiro para pedirle que le dejara usar su ordenador bajo cualquier pretexto; pero supo resistirse.

Se centró de lleno en la búsqueda de lugares mágicos que pintar, y nunca lo lamentó: luego, con el tiempo, se daría cuenta de que había sido un privilegiado, aunque solo fuera durante los días en los que vivió aquella experiencia.

Al entrar en la tienda de Corvo, oyó varias voces masculinas que se enzarzaban en una animosa discusión. En realidad, solo debía tratarse de un simulacro de discusión, porque, aunque en algunos momentos, por su tono amenazante, parecía que iban a llegar a las manos, Moisés sintió que solo era un entretenimiento, un pasatiempo para hombres, cómo el de echar un pulso a ver quién tumba primero al otro. De hecho, lo pudo comprobar al ver sus caras, cuando, ya en el interior del pequeño local, con su aspecto de urbanita desubicado provocó un silencio casi absoluto entre los presentes que en realidad solo disertaban sobre tal o cual jugador de fútbol, mientras se echaban unos rones, todos sentando cátedra y ninguno escuchando a nadie. Después de permanecer en ese embarazoso silencio durante un interminable minuto, aquellos paisanos empezaron a hablar, todos a la vez, primero en voz baja, y luego elevando poco a poco el volumen de sus voces hasta retomar la batalla campal de antes, como si ese tipo raro nunca hubiese asomado por allí.

En cualquier caso, le habían dado una excelente idea: para paliar el frio que aún sentía en todo el cuerpo, nada mejor que añadir una botella de ron a la lista de la compra.

Arrimando la mochila al hombro, se aprestó a irse con la compra a cuestas, no sin saludar a los asistentes, quienes, aunque pareciera que solo sabían hablar de fútbol, en el interín habían sido puestos al corriente por la tendera de que tan excéntrico personaje no era otro que el que le había comprado la cueva a Fausto, el sobrino de Mercedita. Esa información hizo que si antes lo veían como un marciano, ahora lo miraran como a un pobre lunático. Finalmente lo saludaron, pero con una expresión de profunda compasión en sus rostros, con la que parecían estar diciéndole: Pobre infeliz. En lugar de adquirir un piso en la ciudad, como haría cualquier persona con dos dedos de frente, tiras tus ahorros comprando ese antro inmundo, perdido entre los montes.

III

Después de disfrutar del sabroso y nutritivo almuerzo a base de acelgas cocinadas al vapor, dientes de ajo cortados en mitades y sofritos en aceite de oliva hasta quedar bien dorados, un buen chorro de jugo de limón, queso curado y pan de campo, se echó a dormir en el camastro. Afuera hacía frío, y la hierba estaba aún muy mojada como para echarse a dormir la siesta en ella, cosa que a él le gustaba mucho hacer cuando hacía calor.

Tras media hora justa de descanso, Moi continuó con su tarea. Esta vez decidió adentrarse en el bosque de laureles que se hallaba en la parte inferior de su terreno. Volvió a resguardarse en su gabardina, pues tras un breve intervalo de sol al mediodía, regresaron la bruma y la llovizna. Descendiendo por el estrecho sendero que recorría el bosque, alcanzó al fin el pequeño manantial que destilaba agua pura, casi oculto tras las hierbas, entre las que destacaban el acanto y el culantrillo de pozo, plantas propias de humedales y lugares sombríos.

Cada vez que regresaba a ese pequeño manantial, Moi tenía la fuerte impresión de hallarse en un santuario de la naturaleza. En la tarde silenciosa, en medio de una creciente bruma, allí solo se oía el gorgoteo del agua cristalina que brotaba de las profundidades de la tierra. Un gran número de lirios de agua se abrían a su alrededor, deslumbrantes en su inmaculada blancura.

Moisés comenzó a disparar su máquina, hasta realizar decenas de tomas del manantial y de cuanto lo rodeaba. Luego, como el peregrino que se sienta en silencio en el templo, tras culminar una etapa del camino, estuvo allí en actitud meditativa largo rato, hasta que se decidió a regresar a su cálido hogar en la roca, pues es sabido que en su interior, las cuevas se mantienen a una temperatura constante, de modo que cuando hace frio en el exterior resultan cálidas y acogedoras, y cuando hace mucho calor, se convierten en un refrescante refugio.

Cuando hubo llegado, entre las cuatro y las cinco de la tarde, se preparó una infusión de hojas de nogal con miel, añadiéndole una cucharada de gofio, y se puso a revisar todas las fotos que había tomado durante la jornada.

Al llegar a las últimas, las que había hecho en las proximidades del naciente, sufrió un sobresalto: en la mayor parte de estas, junto al manantial, aparecía una figura femenina muy bella que no estaba allí en el momento de sacar la foto... cuanto más pensaba en ello, más se negaba a creer que fuera un fenómeno óptico debido a un defecto de su cámara. Era imposible que se tratara de un simple reflejo, y no podía ser tampoco una broma, pues aunque en la foto aparecía con suma claridad una bella joven asomando entre los arbustos que rodean el naciente, él tenía la absoluta certeza de no haber visto a nadie, en ningún momento, durante toda esa tarde, excepto en aquellas fotos.

El sátiro estaba amontonando en una explanada de tierra a una prudente distancia de la cueva todas las piezas de madera seca que iba encontrando a su alrededor. Había traído de su casa un par de *ceretos* -cestas ligeras para transportar frutas y verduras, que están hechas de una madera muy combustible,- periódicos y muchos papeles, algunos escritos a máquina, otros de su puño y letra, que también utilizaría para encender el fuego, ya que, a su juicio, no servían para nada mejor.

En breve, Moisés lo vio dando saltos de alegría alrededor de un fuego que iba fortaleciéndose a medida que el cielo oscurecía. Aunque la niebla persistía bajo la apariencia de un velo finísimo y casi imperceptible, hacía horas que había dejado de llover, hecho que favoreció que las llamas se tornaran bravas y vigorosas en cuestión de poco tiempo. Al sátiro solo le faltaba una siringa, o flauta de Pan, pezuñas, cuernos y orejas de cabra, para completar su parecido con aquella criatura mitológica: saltaba y danzaba alrededor de la hoguera, ya bien afianzada, en pleno crepúsculo.

— ¡Hay que ver! En Las Palmas hace meses que no consigues ni un ligue, y aquí hasta te persiguen las ninfas.

Dijo mondándose de risa

—Haré una canción que hable de ella. De la chica del manantial.

Concluyó exultante.

Moisés, aún perturbado por las sorprendentes imágenes, no podía concebir que su amigo se lo tomara todo así, tan a la ligera.

—Acabo de fotografiar a una ninfa de los manantiales, mendrugo. Deja de hacer el tonto de una vez, coño... necesito encontrar una explicación para lo que acabo de ver.

— ¡Ya habló el hombre serio! Pues para mí componer una canción es algo muy importante. Así estás, con esa cara de estreñido, atascado en una permanente parálisis creativa. Ven aquí, anda.

Le dijo, mientras terminaba de aliñar las chuletas, las papas y las salchichas.

—Te voy a contar lo que se sobre las ninfas, o como las llaman los ocultistas, los espíritus de la naturaleza. Pero antes descorcha esa botella de vino tinto y trae los vasos, zopenco, ¿o es que quieres que lo haga todo yo, baile y música incluidos?

Con el vino en el cuerpo y con sus vapores subiéndole hasta las entendederas, Moisés se desinhibía, y hasta se ponía chistoso, pero en esta ocasión se tornó muy locuaz y monotemático acerca del único asunto que ocupaba su mente: la hermosísima chica, que lo miró con tanta dulzura, y que estaba sentada al borde del naciente, entre los verdes acantos, y los helechos dorados.

Aparentaba tener unos veinte años, su cabello era ondulado, del color de la miel, su piel era pálida y delicada, y su cuerpo, menudo y armonioso, al no llevar vestimenta alguna, mostraba unos senos pequeños pero firmes y bien formados, dignos de una Venus. Sus ojos de color marrón, oscuros como la tierra, lo miraban fijamente, con una mezcla de curiosidad y de ternura.

No parecía estar asustada en absoluto, sino más bien muy interesada en él, e incluso, Moisés tuvo la impresión de que trataba de sugerirle algo.

—Para empezar, yo adoro a las ninfas, de hecho, soy un ninfómano.

Dijo el muy majadero haciéndose de nuevo el gracioso.

—Bueno, ahora, hablando en serio —continuó, suprimiendo de forma magistral una incipiente carcajada (habría sido un gran actor)

—Para el hombre primitivo la visión animista era la preponderante: todo tenía alma, y por cada cosa que había en la naturaleza, - un árbol, un rio, una montaña - existía una deidad menor que le estaba vinculada. Los griegos llamaron a esas entidades del mundo invisible con el nombre de ninfas. Toda especie animal o vegetal tendría además su entidad rectora. ¿Recuerdas *La Inteligencia de las Flores* de Maurice Maeterlink? Se refería exactamente a eso, al hablar del genio de la especie. Las cuevas, los bosques y los manantiales también tendrían sus ninfas y aun hoy, muchos griegos del medio rural aseguran con absoluta convicción, haber visto ninfas de una gran belleza. Así que no te sorprenda que un día se te aparezca la ninfa de tu cueva a cobrarte algún tipo de sanción por allanar su propiedad.

Moisés pasó directamente de su habitual mal genio a la carcajada: lo asombraba que el sátiro hubiese aguantado tanto tiempo sin hacer ni decir ninguna gansada. Pero debía reconocer que su amigo era un verdadero pozo de sabiduría.

Entre otras cosas, le explicó que las ninfas solían aparecerse a los hombres, siempre en lugares solitarios y en plena naturaleza, e incluso a veces, tener relaciones sexuales con ellos, y que en muchos casos esos pobres desgraciados acababan enamorándose perdidamente de ellas, y, en consecuencia, perdían el don del habla, padecían apoplejía y finalmente morían.

También se decía que, si un humano bebía del agua de un manantial en noches de plenilunio, se exponía a que se le apareciera la ninfa vinculada al mismo.

El sátiro, ya ebrio, le instaba con insistencia a Moi a que bebiera más vino tinto, y de pronto, comenzó a recitar con exagerado énfasis este verso canalla:

"Se dice que al barril de vino

Hasta el fondo es sabio beberlo,

Ya en los bosques cuando es verano,

Ya junto al fuego en el invierno.

¡Si tenéis dinero gastadlo,

Que no da brotes bajo el suelo!

Bien mal habido no prospera.

¿A quién tenéis por herederos?"

—No me identifico para nada con quienquiera que haya escrito esas estrofas —dijo Moisés, algo irritado.

—Ni yo tampoco sería capaz de encontrar ningún parecido entre François Villon, su autor, y tú: el tipo era carne de patíbulo (y a la vez, un genio), y tú un "niño bien".

Le rebatió el sátiro con aire divertido, al darse cuenta de que había alcanzado a picar su amor propio.

—Escucha Moi, ahora hablo en serio: mañana es día de luna llena… ¿por qué no pruebas? Vas de noche, mejor si la luna está bien visible en el cielo, y bebes agua del naciente. Y luego, a esperar a ver qué pasa. Si quieres saber quién o qué es ella deberías hacerlo. No se me ocurre una idea mejor.

—Ni a mí —asintió Moisés.

El abrazo infinito

IV

Don José era una persona discreta y educada. Moisés, en más de una ocasión pensó que si ese hombre hubiese tenido la oportunidad de estudiar, probablemente hoy habría sido un catedrático.

—Don José, ¿Qué me dice de esta guerra en la que andamos metidos?

Se refería a la guerra de Siria.

—Nunca ha dejado de haber guerra, vecino.

Moisés coincidía plenamente con él: lo que el hombre llama paz, es solo otra forma de guerra, pensó, menos evidente, atenuada, pero que tiene sus propios ejércitos, sus armas, sus víctimas, sus masacres...

Esa mañana pasó para saludar al cavernícola, y lo encontró podando una parra.

Don José le dio los buenos días como era costumbre en él, y después de un rato observándolo, le dijo:

—Hoy mejor la deja sin podar don Moisés. Espere unos días, hágame caso.

Moisés, visiblemente desconcertado, creyó estar haciendo mal los cortes y que probablemente don José había reparado en que estaba de resaca.

—No, no. Lo está haciendo bien. Pero es que si la poda hoy, al haber luna llena, la parra llora, y luego se seca y muere.

Explicó de forma más detallada que según la sabiduría popular, el astro lunar rige las aguas, de modo que, de su fase creciente al plenilunio, la mayor parte de la savia de las plantas asciende hacia las hojas y las flores. En cambio, desde que empieza a menguar hasta la luna nueva, desciende a las raíces. Ese sería entonces el momento adecuado para podar cualquier árbol o arbusto. Si en cambio se poda en luna creciente, llorará, porque toda la savia saldrá por los cortes realizados, hasta dejarlo sin vida. Eso mismo ocurrirá, pero con mayor vehemencia, en el plenilunio.

Por la tarde, tras el almuerzo, apareció el sátiro con su guitarra pidiéndole que le invitara a un café bien caliente.

— ¿Sabes? —Comenzó,

—Ya quedan pocos como don José por aquí. La mayor parte de la gente joven que permanece en este barranco sueña con irse a vivir a la ciudad, y se avergüenza de ser del campo. Yo creo que gran parte de la culpa la ha tenido la tele, con sus modelos fatuos y engañosos. Hoy, todas las chicas de aquí quieren ser peluqueras, maquilladoras, o administrativas, y los muchachos mecánicos, camareros, policías, etc. Ser agricultor, eso, jamás. Imagínate que el otro día, en la tienda de Corvo, me enteré de que una vecina que tiene varios naranjos cargados de fruta junto a su casa, para dárselas de fina y de gran señora, en lugar de recoger las naranjas, va y las compra en la tienda. Y mientras, las que le regalan sus árboles, pudriéndose, amontonadas en el suelo.

Y de Mercedita te digo lo mismo que de don José: son personajes míticos que, desgraciadamente, pertenecen al pasado. El otro día el hijo de Fausto, un veinteañero, se me rio en la cara cuando le hablé de *los yerberos* de antaño. -Gente que cree en cuentos de viejas- sentenció, con altanería.

Moisés, mientras buscaba refugio en el calor de su taza de café, lo escuchaba absorto. Hacía apenas unas décadas, el barranco era otro mundo, pensó. Hoy por hoy, por ejemplo, cualquiera viaja. En aquella época, y más en el área rural, la mayoría había viajado a lo sumo una vez en la vida, y casi nunca fuera del archipiélago.

Recordó que Mercedita, en una de las muchas caminatas por el campo que habían hecho juntos, le contó que antaño, si alguien enfermaba, recibía los primeros auxilios de los curanderos del barranco. Solo si estos no daban ningún resultado se lo llevaban al médico más cercano, que estaba en Moya (a unos doce o trece kilómetros de allí). Al ser los automóviles un bien exclusivo de los ricos, y al no haber todavía autobuses ni carreteras asfaltadas sino tan solo caminos de tierra, un nutrido grupo de vecinos se turnaba para cargar al enfermo en una camilla fabricada por ellos mismos hasta la consulta del doctor. Cómo eran pobres, e ir al médico suponía para ellos un considerable esfuerzo físico, tiempo, y un importante sacrificio económico, se hacía lo posible por curar, o al menos aliviar las enfermedades con los remedios naturales que les brindaba el mismo barranco, y que, según Mercedita, la mayor parte de las veces, daban resultado.

— ¿Sabías que a principio de siglo esta cueva era la sala de fiestas del barranco? —

Dijo Moisés.

— ¡Venga ya! ¿En serio?

—Pues sí, amigo. En algunas festividades, los jóvenes de la zona se reunían aquí, bien trajeados, para bailar y relacionarse entre sí.

—Y, ¿Con qué música? En esa época, un aparato de radio no lo tenía cualquiera.

—Música en vivo compañero… guitarra, timple y voz.

Por un instante, la imaginación de Moi voló hasta ese tiempo ya lejano, en que su cueva estaba llena de jóvenes de campo, chicos y chicas sanos y alegres, que tocaban, cantaban, danzaban…

El sátiro estaba ensimismado rasgueando las cuerdas de la guitarra: se había volcado de lleno en la composición de una canción que relataba el encuentro de su amigo con la hermosa ninfa.

—Escucha, escucha. Este sería el estribillo:

"Que la quiere el brezal,

Que los ríos le dan de beber,

Que las prímulas guardan su sueño

Y en la orilla un rosal

Torturado de anhelo

Como tu corazón, sangrará"

Moisés, transportado por tanta belleza, por un instante aparcó su enfado con la vida, y permitió que su rostro dejara traslucir todo el goce estético que lo embargaba.

Aquella tarde parecía que la primavera se hubiese adelantado, pues el sol brillaba en un cielo intensamente azul donde unas pocas nubes gigantescas que se asemejaban a inmóviles y cándidos colosos se habían detenido sobre el mundo como para contemplarlo con mayor atención. Y aunque las ramas de los árboles aún no habían comenzado a estar tachonadas de flores, ni los insectos a revolotear por toda la amplitud de los campos en flor, la brisa refrescante y la tibia caricia del sol aquel día se juntaron cómo queriendo recrear el jardín del Edén.

— ¿Qué te parece así?

Le preguntó el sátiro mientras empezaba a tañer arpegios en su guitarra.

"Llegará, llegará por la noche

Los pájaros se callarán.

Al final, llegará oliendo a flores

Nadie la verá llegar...

Llegará sin que nadie lo note

Bailará, reirá

La chica del manantial."

— ¡Fantástico!

Exclamó Moisés.

La tarde iba dejando paso al crepúsculo, que, con el buen tiempo, venía ataviado de vistosos colores, encendiendo incontables luces en el horizonte, como si quisiera igualarse en belleza a la aurora.

La luna, ya casi del todo llena, ascendía con su palidez marmórea hacia el cénit, y los dos hombres recordaron con zozobra la cita pendiente, abajo, junto al manantial, cita que se consumaría cuando el sol se hubiese ausentado del todo, privando la faz de la tierra de su luz y de su calor.

El sátiro, siempre ocurrente, sugirió que sería mejor que él lo esperara arriba, junto a la hoguera que pronto empezaría a preparar, porque esas ninfas tienen la fama de ser muy tímidas, y tal vez a ella la contrariara que fuesen los dos juntos a verla.

—Además, no soy de los que le quitan la novia a nadie, y menos a los amigos.

Añadió, con toda la seriedad del mundo.

Mientras hablaban, vieron subir por el sendero a un reducido grupo de excursionistas. Como el barranco forma parte de un área protegida, el parque rural de Doramas, es relativamente frecuente que los senderistas y amantes de la naturaleza lo recorran para, entre otras cosas, aprender a reconocer las hierbas silvestres, y su uso medicinal. Mercedita, *la yerbera*, había sido una de las impulsoras del movimiento naturista en la isla, pero al ser ya muy anciana, no se la veía andar mucho por esos lares.

En este caso, el grupo venía de regreso de Valsendero, una pequeña población que se encuentra barranco arriba, a no menos de quince kilómetros.

Como aún no había oscurecido del todo, y el sátiro no había encendido su fogata, los invitaron a hacer un alto en el camino para tomar un café, antes de que prosiguieran su caminata hasta la parada del bus que lleva a Las Palmas.

 Uno de ellos, que parecía ser su guía, les respondió cortésmente que no tomaban café, y cuando vieron la panceta que estaba adobando el sátiro fruncieron el ceño en un gesto de desaprobación.

—Es que respetamos todas las formas de vida.

Cuando vieron la cueva, en cambio, se quedaron encantados: no se podía concebir una vivienda más respetuosa con la naturaleza, eso sí, dijo Antonio, el que los guiaba, no deberían de asesinar a ningún ser viviente, incluyendo las plagas que infestan los árboles y las plantas, y toda clase de alimañas que merodean por su terreno.

Al tiempo que se servían una infusión que ellos mismos se habían preparado con el permiso de Moisés, con agua traída de un manantial suizo cuyas propiedades y pureza, al parecer, estaban más que comprobadas, Antonio, alias Govinda, les comentó que andaban buscando un terreno en el barranco para dedicarse a la agricultura ecológica. Añadió que, de encontrar el lugar adecuado, con una orientación y características que obedecieran perfectamente a las reglas del *feng shui*, lo convertirían en un vergel paradisíaco, donde frutas y verduras crecerían con un tamaño dos veces superior al normal, y serían mucho más sabrosas, con un caudal de agua de riego muy inferior al que normalmente se necesita.

Moisés y el sátiro estaban atónitos.

— ¿Y, cuál sería el secreto que les permitiría realizar tantas maravillas?

Se atrevió a preguntar el sátiro

—El estiércol.

Dijo Govinda,

—El estiércol de vaca sagrada de la India tiene unas propiedades únicas.

Su carga pránica es elevadísima. Tengo el propósito de traer varios contenedores llenos de ese estiércol desde allá. —Concluyó con ínfulas de visionario.

El asombro del cavernícola y de su amigo el sátiro era palpable. Pero mientras ambos estaban consternados al constatar hasta donde podía llegar la estupidez humana, Govinda y compañía se figuraban que sus caras de pasmo eran fruto de la admiración, y que estaban totalmente impresionados por los planteamientos de su líder, que pretendían revolucionar la primitiva agricultura occidental.

Por esa razón, sintiéndose guiado por la providencia, el karma o el carajo de la vela, antes de irse, uno de ellos, al ver un bote de leche condensada sobre la mesa, se sonrió, y añadió despectivamente:

—Seguro que desayunarán leche con cola-cao.

A lo que Moisés repuso con aire sarcástico:

—Sí, pero importado de Nueva Zelanda, que ese tiene más propiedades, so imbécil.

Lo que hizo que Govinda y compañía dieran rápidamente por concluida su visita.

Cuando al fin se marcharon, el sátiro le comentó riendo:

— ¡Qué modales de troglodita!

Añadió que ya estaba bien de tonterías: les esperaba una noche mágica.

—Y además, —dijo, para terminar — ¡Qué no me vendan aire de montaña enlatado!

Ya había oscurecido, y mientras que el sátiro se empleaba de lleno en hacer que la fogata ardiese, Moisés, muy nervioso, emprendió el descenso al naciente.

Para ello iba pertrechado con una linterna, y portaba, colgada al hombro a la bandolera, la cámara fotográfica. La luna, totalmente llena, ya era visible por encima de las copas de los laureles. En la noche saturada de aromas silvestres, el astro lunar adquiría un intenso fulgor blanco amarillento, hipnótico hasta provocar náuseas.

Moisés nunca había estado allí tan de noche, ni con luna llena, esa luna que poblaba el bosque de sombras.

Como la luz lunar lo invadía todo con su claridad, no necesitaba de la linterna, que guardó enseguida en su bolsillo para dejar las manos libres.

El agua descendía con dulce parsimonia, fluyendo entre las plantas, filtrándose en la roca sedimentaria, y Moisés vio, por primera vez, brillar la silueta de la luna reflejada en la pequeña charca formada por la lenta acción del agua debajo del naciente. Se acercó al manantial, y haciendo un cuenco con las manos, esperó que se llenara de agua fresca, que a continuación, bebió. Hizo lo mismo varias veces, implorando a la ninfa con voz susurrada que se manifestase ante él.

Tras una espera que le pareció interminable, comenzó a enfurecerse, y decidió borrar todas las fotos donde aparecía aquella chica, y no volver a pensar más en ella. De pronto, sintió un suave crujido entre los arbustos, como si alguien al moverlos, quebrase alguna rama.

Y allí estaba ella, con la misma belleza sobrenatural de hace dos noches, pero esta vez absolutamente real, viva, palpable, sonriente, respirando, e incluso temblando de emoción frente a él. Fue Moisés quien profirió las primeras palabras:

—Hola. ¿Quién eres?

—Sibisse —respondió ella.

Moisés no sabía si le estaba hablando en una lengua desconocida, o si ese era su nombre. Ya le iba a preguntar qué significaba lo que acababa de decir, cuando ella añadió:

—Me llamo Sibisse.

—Yo me llamo Moisés… que bueno que hables español.

—Hablo muchas lenguas del pasado, soy muy antigua.

— ¿Antigua? Tienes un cuerpo de mujer joven.

—Nací con este manantial, hace muchos miles de años

Moisés se estremeció al oír esa última frase.

—No te creo —rebatió él.

Sibisse esbozó en su cara una expresión de tristeza, y él sintió el impulso de consolarla, pero no se atrevió a dar ni tan siquiera un paso al frente.

— ¿Dónde vives? —Continuó Moisés

—Aquí, en los alrededores del manantial, nunca me alejo mucho de esta parte del barranco… y tú, dime: ¿Por qué viniste solo? ¿Dónde está tu amigo?

Moisés, sin salir de su asombro, le preguntó:

— ¿Cómo sabes que tengo un amigo aquí?

—Lo vi junto a la hoguera… es hermoso.

¿Hermoso? Se dijo Moisés, esta ninfa tiene unos gustos, cuando menos, extraños.

—Dile que venga, por favor, me muero por conocerlo. Quiero que me ame.

El cavernícola, sintiendo que su corazón estaba a punto de estallar, le preguntó, despechado:

— ¿Puedes subir conmigo?

—Si... ¿Vamos a verlo? Sí, claro. Vamos.

Verla salir de las aguas completamente desnuda, bañada de luz lunar, fue algo temible y cautivador, a la vez. Al sacudirse soltó ráfagas de gotas de agua fría, muchas de las cuales fueron a caer sobre la piel de Moisés. Este, que no dejaba de mirarla, encontró en su tez una leve coloración azulada que no había podido apreciar en sus fotos. Iba descalza delante de él, cimbreando sus caderas ágilmente como una muchacha en edad de merecer, aunque, según ella misma dijo, había vivido miles y miles de años. La superficie de sus hombros, aun mojada, brillaba bajo la luz lunar, y sus cabellos ondeaban como si estuvieran acabados de peinar. Cuando salieron del bosque, en dirección a la hoguera, el sátiro no los oyó llegar, tan ensimismado estaba sonsacándole acordes a su guitarra, mientras ensayaba esta nueva estrofa de su canción:

"Junto al fuego he logrado besarla

Y una violeta vibró,

Y aterida cual la piel del agua

El beso me devolvió…"

Moisés le susurró a Sibisse:

—No creo que te pueda ver. No ha bebido del agua del naciente, como yo hice.

—Él sí me verá. Pertenece a mi mundo. Podrá verme siempre que lo desee.

Moisés, de nuevo, sintió despecho: su amigo, que, pese a su sensibilidad y a su cultura enciclopédica, parecía un jabalí y se expresaba cómo un presidiario, sin el menor esfuerzo, sin ni tan siquiera saberlo, había seducido a aquella sublime criatura...

Ella, que parecía haber leído sus pensamientos, le susurró a su vez:

—Haré de ti un gran poeta, bello y triste joven. Te quiero, pero mi corazón no te pertenece.

Eduardo, el sátiro, giró la cabeza, como si de pronto un resorte hubiese accionado en él un mecanismo misterioso, y la vio.

Poniéndose de pie, soltó la guitarra, y comenzó a andar muy despacio hacia ella.

Al ver a Moisés se detuvo indeciso, pero éste lo animó a seguir adelante:

—Ella te busca a ti. No te preocupes por mí: no la hagas esperar.

Dijo.

Luego se dieron aquel beso junto a la hoguera, cuyo fuego había llegado a su punto más intenso de la noche, y mientras el sátiro y la ninfa se besaban, a Moisés, que se había apartado sentándose al otro lado de la fogata, le pareció verlos a ambos envueltos en llamas.

—Quédate conmigo —le dijo la ninfa al sátiro.

—Eres un ser antiguo, como yo.

Moisés trató de alertar a Eduardo, y, llevándolo aparte, le dijo:

—Ten cuidado, amigo. Aun no sabes adonde te va a llevar. Tampoco sabes si esa es su apariencia real. Podría tratarse de un ser oscuro y maligno.

—Tranquilo Moi, no le daré muchas vueltas: la voy a seguir y punto, aunque eso signifique no volver nunca más a mi vida actual. Amigo, tal vez conozcas el poema de Omar Khayyam que dice:

"Si no sigues el camino del arrebato, no será;

Si no te lavas la cara con sangre del corazón, no será.

¿Qué imaginas? Si cómo los corazones en llamas

No te abandonas del todo, no será."

Estuvieron danzando y cantando alrededor de la hoguera hasta que terminó de extinguirse la última brasa, él y ella desnudos, del todo ajenos al triste cavernícola, que los observaba desde la distancia, y que bebía, desconsolado. Luego, tras un leve gesto de despedida, lo miraron, sonriéndole con dulzura y echaron a andar juntos hacia el naciente, por el bosque de laureles.

Han pasado varios meses desde que se dieron estos inquietantes acontecimientos, y aun se sigue investigando la desaparición de Eduardo, del que nadie volvió a saber más.

Al haber sido Moisés la última persona que había sido vista con él, en un principio estuvo bajo sospecha de asesinato o secuestro, hipótesis que en breve fueron desechadas por falta de pruebas.

Por su parte, Moisés, se limitó a declarar que su amigo, que estaba totalmente ebrio, se adentró en plena noche en el bosque, y jamás volvió.

A pesar de las largas y difíciles pesquisas en las que se peinó el barranco, aun no se ha tenido ninguna noticia del maestro de la escuela de Fontanales.

A veces Moi descendía hasta el naciente, e incluso bebía de su agua, implorando a la ninfa y a su amigo que se le aparecieran, en vano.

Desde entonces, se sintió hondamente vinculado a ese manantial. Fue, por el resto de su vida, su santuario secreto. Aquel lugar donde podía estar en silencio sin ningún esfuerzo; más sagrado que cualquier catedral, que cualquier mezquita o sinagoga hechas por la mano del hombre.

El abrazo infinito

PERDONANOS NUESTRAS DEUDAS

El Padre Terencio regresaba en su auto del monasterio de Nuestra Señora de la Consolación de Wote, en Kenia, donde desde hacía más de una década se había establecido una pequeña pero floreciente comunidad de monjas agustinas de clausura. Terencio se dirigía a su casa, ubicada en la capilla de Nuestra Señora del Rosario, en Machakos, localidad que se encuentra a unos cincuenta kilómetros de Wote. El reverendo desempeñaba su labor de cura de almas dentro de un perímetro de unos cien kilómetros a la redonda de la mencionada capilla. En esa área quedaba inscrita una pequeña parte de la región aledaña de Makueni, que incluía la capital del condado, Wote, y el ya mencionado monasterio agustino.

Terencio iba al monasterio -fundado por monjas españolas en 2006,- una vez por semana, a celebrar misa y a confesar a las religiosas que se lo solicitaran. El resto del trabajo pastoral era cubierto por otros sacerdotes, que, al vivir a escasos kilómetros de aquella casa de silencio y oración, se turnaban para atenderla a diario.

Terencio, que se había graduado en la carrera de psicología en la universidad de La Laguna, solía ocuparse preferentemente de los casos más difíciles, a saber, los de aquellas hermanas que están atravesando una crisis de fe, que son presas de depresiones o estados de ansiedad, o bien que son víctimas de una presunta posesión demoníaca, etc.

En un monasterio de estricta clausura es frecuente encontrar también a algunas monjas convencidas de que en ellas se están despertando poderes psíquicos. Se trataba, en su mayoría, de mujeres con algún tipo de disturbio mental. Pero no siempre era tan simple llegar a tal conclusión.

Ese día, durante todo el trayecto de regreso a su diócesis, venía rumiando en su cabeza un asunto que hasta hacía poco tiempo lo había llegado a atormentar.

Llevaba varios años tratando a una monja en particular, la hermana Rosa, una española de mediana edad, quien, tras haber hecho sus votos de novicia en Valencia, España, solicitó entrar en la naciente comunidad del monasterio de Nuestra Señora de la Consolación de Wote, hacía ya casi una década.

La conoció poco tiempo después de que llegara de España junto a otras hermanas agustinas. Le impactó de inmediato su sed de santidad, y aquella desbordante alegría, que le pareció tan genuina como quimérica.

Con los años esa alegría fue menguando, y dio paso a una melancolía casi permanente, que hizo que en un principio se la sometiera a tratamiento psiquiátrico. Al no dar este tratamiento ningún resultado, se acudió a

Terencio, que a partir de ese momento pasó a ser su confesor y su mentor.

Desde que comenzó a hacerse cargo de su caso, él tuvo la íntima certeza de que no se trataba de un trastorno psicológico. Recordó aquella sesión tan esclarecedora, en la que la hermana Rosa le dijo:

—Hay cosas que no puedo entender, padre: es la oración cardinal de la Iglesia, la madre de todas las plegarias, la que Nuestro Señor nos enseñó a todos los creyentes… pero ese cambio, ese cambio… siento que ese cambio no vino de Él.

Terencio entendió que ella le hablaba del Padrenuestro que, en 1986 fue sometido a ciertas modificaciones, que, según cierto cardenal, eran "muy gratas al oído".

— ¿Y entonces, de quien vino ese cambio según usted, hermana?

—El espíritu del mal siempre está mucho más presente y al acecho donde el bien trata de prevalecer. En la Iglesia hay personajes realmente perversos, lobos con pieles de cordero, usted lo sabe. Por supuesto no generalizo, usted, por ejemplo, padre Terencio, no es así.

—Gracias hermana; siga, por favor...

—Jesús dijo, en la oración al Padre: ... y perdónanos nuestras deudas, así como nosotros perdonamos a nuestros deudores. Eso es lo que dijo.

Pero, —continuó —luego nos enseñaron que ya no había que decirlo así, sino: ...y perdona nuestras ofensas, así como nosotros perdonamos a los que nos ofenden.-

Dígame padre: ¿No hay que tener una mente muy, pero que muy retorcida para tratar de convencer a alguien de que deuda y ofensa vienen a significar lo mismo? Una vez monseñor Bilutu trató de convencerme de eso: de que en cierto modo una deuda que queda sin pagar dentro del plazo establecido es una ofensa que el deudor le inflige a su acreedor, una falta de respeto y de consideración hacia él que llega a crear un estado de tensión, de malestar entre ambos. Perdone, padre, pero ni un niño se tragaría ese cuento.

Y efectivamente era así: el término bíblico que se traduce cómo deuda en castellano no incluye ni por asomo, entre sus acepciones, la de ofensa. Pensó el sacerdote.

Terencio, tratando de mantenerse tranquilo, inquirió:

— ¿Me está diciendo que esa duda es lo que le ha hecho a usted hundirse en una crisis de fe?

—Al principio no, padre. ¿Qué más daba una palabra que otra? Dios sabe lo que hace, y si cambió una o más palabras era por alguna razón superior a mi entendimiento. Pero luego... a fuerza de repetir y repetir todos los días esa nueva versión del Padrenuestro, empecé a sentir que una luz de alarma se encendía en mi cabeza. ¿No dijo Nuestro Señor, en el libro del Apocalipsis que "Si alguno añadiere a estas cosas, Dios traerá sobre él las plagas que están escritas en este libro. Y si alguno quitare de las palabras del libro de esta profecía, Dios quitará su parte del libro de la vida?"

El padre, asintiendo sonriente, replicó: - Como el mismo Juan Evangelista indica en el texto que usted me acaba de citar, se refiere únicamente al libro del Apocalipsis.

Lo miró a los ojos: los de ella irradiaban en ese instante una fuerza inmensa, sobrehumana, que hizo que él se sintiera de pronto aplastado. Dijo entonces:

— ¿Insinúa usted, padre, que los otros libros de la Biblia son menos importantes para Él?

Terencio sintió que su mente se quedaba atascada por un sinfín de palabras que se arremolinaban, palabras gritadas, murmuradas, que chocaban entre sí y se hacían pedazos en su interior. No fue capaz de rebatir las afirmaciones de la hermana.

Ella prosiguió:

—Esa luz de alerta no ha dejado de titilar en mi mente, día y noche, desde ese día. Y después vinieron otras, y otras preguntas más: la duda se expandió en mi mente como la mancha de crudo que sale de un petrolero hundido mar adentro, sin que nada ni nadie la pudiera contener.

En la medida en que aquellas alertas crecían en número, mi impresión de estar comulgando con ruedas de molino iba en aumento.

El padre Terencio era un hombre tranquilo y razonable. Difícilmente perdía los estribos, pero en ese momento sintió como si su mente fuese un cuerpo paralizado, tumbado en una barca que iba a la deriva en la inmensidad del océano. Necesitaba orar, - pensó – lejos del caos, del ruido. Necesitaba entrar en lo más íntimo de sí mismo, y encontrar a Dios más allá de palabras y signos.

A partir de ese día sintió cierta zozobra cada vez que debía ir a verla, como si, desde sus propios cimientos, el edificio de dogmas y creencias que él mismo había construido pacientemente, amenazara con desplomarse de improviso. Y a la vez, admiraba la belleza y la fuerza interior de aquella mujer. Su entereza. En más de una ocasión, en secreto, se preguntó cómo sería como esposa... se imaginó junto a ella, cogidos de la mano, libres...

No era muy guapa. Ni fea tampoco: era más bien corriente, con una nariz tal vez demasiado ancha, que destacaba en el marco enjuto de su cara paliducha, que no podía estar mucho rato al aire libre sin ponerse al rojo vivo. Los hábitos de monja agustina recoleta de color negro, dejaban entrever en ella un cuerpo bien formado, y unos cabellos rubios y ensortijados.

Pero era en sus ojos donde se hacía visible el destello del amor que llenaba su corazón como una colmena rebosante de miel. Ojos tan diáfanos como horizontes despejados, sin bruma, tan expresivos que dejaban translucir tanto la tristeza como la alegría en sus más ínfimos matices.

Un día, en una de sus sesiones, ella le pidió que la confesara.

—Dime hermana —preguntó Terencio. La tenía a su lado, sentada en un sillón de una de las salas de espera del monasterio. Incluso al estar sentada, se mantenía erguida de un modo natural, sin esfuerzo. Su postura en sí misma evocaba la palabra rectitud, y, -Terencio no tenía la menor duda de ello - seguramente reflejaba su actitud ante la vida.

Por su mente cruzó una imagen tan subversiva cómo fugaz: la de ella y él así, juntos como lo estaban ahora, pero en una casa propia, con jardín, niños correteando alrededor…

Se moría de ganas de dejarlo todo y pasar el resto de su vida junto a ella, esa era la verdad.

—Yo siempre fui creyente. Tuve una fe a prueba de bomba… o de cilicio, si así lo prefieres. Soy… estudié ciencias empresariales en Madrid, y luego económicas, hace mucho tiempo ya. Bueno, para resumir, estuve implicada en negocios que suponían un alto riesgo, en bolsa y cosas así.

Me podía permitir un elevado tren de vida: viajaba en primera clase, vestía solo ropa de las mejores marcas, joyas, lujo, etc. me acostumbré a no privarme de nada de lo que se me antojase. Confiaba plenamente en que la suerte nunca me abandonaría. Y me endeudé.

Pero un día la fortuna dejó de sonreírme: mis jefes empezaron a presionarme para que llevara a cabo unas transacciones muy lucrativas para la empresa, pero totalmente ilegales. Por supuesto, me negué. El despido fue fulminante. Mi superior no tuvo la gentileza de redactar una carta de recomendación para que pudiera trabajar en otro sitio. Ni siquiera me miró a la cara al despedirme. Eso significaba que iba a dar malos informes sobre mí, si se los solicitaban.

Me vi cargando con grandes deudas, sin trabajo, y me refugié en lo único que proporcionaba alivio a mi dolor: la espiritualidad.

Aun así, cada día, al despertarme, la primera idea que me venía a la mente era la de que tal vez en breve ya no podría permitirme dormir en una cama mínimamente confortable, sino en plena calle, o en la cárcel. Sentía que la total desesperación me estaba aguardando tras una esquina hacia la que me aproximaba a una velocidad vertiginosa. Y un día me decidí.

— ¿A qué? —Preguntó el sacerdote, impaciente: — ¿A qué te decidiste?

—Hice lo que era preciso para entrar en el noviciado, y convertirme en monja. Luego solicité un destino lejano, en el que mis acreedores no me pudieran perseguir. Aquí, en Kenia, concretamente.

El padre, atónito, preguntó:

—Pero ¿Y de volver a España? ¿Qué te ocurriría?

—En el caso improbable de que encontrara un empleo decente, me pasaría el resto de mi vida trabajando para pagar aquella deuda.

El padre Terencio pensó en los elevadísimos intereses de algunos créditos, que obligan a mucha gente pobre a pasar el resto de su vida trabajando casi exclusivamente para poderlos pagar. Y no solo a gente sin recursos, sino a países enteros, casi siempre los más desfavorecidos del mundo, que jamás remontarán la extrema pobreza por satisfacer el pago de unos intereses abusivos que gravan sobre una deuda interminable.

—Hija, pero ¿Buscas a Dios, lo amas? O ¿Solo viniste aquí para huir de tus deudas?

Ella, con los ojos inflamados y brumosos, al borde del llanto, dijo que amaba a Dios sobre todas las cosas, y que, por esa misma razón, buscó refugio en Él.

Terencio no dudó ni un solo instante de su sinceridad, y se preguntó si ella no tendría razón en cuestionar todo aquello: si de hecho no eran los ricos y poderosos de este mundo los que exigían a sus obedientes lacayos con sotana que reescribiesen los Evangelios, porque, al fin y al cabo, no les conviene que desde el púlpito se les incomode con afirmaciones como la de que un buen cristiano debe estar presto a perdonar las deudas de un necesitado, y, por lo contrario, les beneficia que toda rebeldía, toda insumisión hacia ellos sea considerada como una ofensa a ojos de Dios. La deuda para muchos es, hoy más que nunca, una forma civilizada de esclavitud, un vampiro de guante blanco que extrae puntualmente la sangre de multitudes cansadas e insomnes, que sueñan con una nueva vida que nunca llegará.

Terencio y Rosa se miraron. Ya no hablaban: en un instante se lo dijeron todo. Detrás del dolor, de la tristeza, del aislamiento, había una luz que ambos de pronto fueron capaces de vislumbrar en los ojos del otro. Era la misma, la única luz, la que los unió para siempre.

El abrazo infinito

EN EL JARDÍN

Era una de esas mañanas irritantes en las que toca ponerse una americana, sacarle brillo a los zapatos, maquillarse, y con la conveniente actitud de enfado, ir al despacho del burócrata de turno para exponerle una queja de la manera menos protocolaria posible, ya que seguir de forma rigurosa el protocolo hasta el momento no le había servido absolutamente de nada.

Subió con agilidad la gran escalinata que conduce a la segunda planta del Cabildo de Gran Canaria marcando más enérgicamente que nunca, a cada paso, el taconeo de sus zapatos en el piso de mármol, para dirigirse al despacho del consejero de cultura, que la esperaba detrás de un gran escritorio de madera oscuro. Hacía meses que le había enviado un disco con varias canciones compuestas por ella, basadas en poemas de un conocido poeta canario, sin obtener respuesta alguna.

La conversación siguió los cauces esperados: actualmente no había dinero para tales proyectos, y el consejero le recomendó a Marina que enviara sus maquetas a otra institución cultural que se había trasladado hacía varios años a Tenerife. Como colofón añadió un consejo personal: que tratara de darle un aire canario a sus canciones. Que pusiera un timple aquí, unas chácaras allá, algo que sonara a Isa o a Folía, y que en los textos se incluyeran términos ligados a la identidad isleña, tales como gofio, fonil, guagua, etc. De no hacerlo, la probabilidad de que consiguiese una subvención para grabar el disco se reduciría considerablemente.

Marina estaba indignada: con todo el respeto que le pueda merecer la identidad canaria, no tenía ninguna intención de ponerle uniforme a sus canciones, ni de disfrazarlas con ropajes folclóricos.

Mientras comenzaba a darse por vencida ante la educada pero inapelable respuesta programada del consejero, sus ojos se posaron sobre el cuadro que éste tenía detrás de él, muy por encima de sus hombros. Un gran cuadro con un bello marco de talla neo barroca en pan de oro sobre madera, que representaba a un individuo menudo y enclenque de aire asustadizo, sentado en medio de una pequeña barca, cuyos remos asía con sus frágiles manos. Todo ello en medio de un inmenso mar, oscuro y amenazante.

—La condición humana… —pensó Marina.

Una barquilla fabricada con exiguas tablas de madera tripulada por un personaje que era la viva imagen de la indefensión, que surcaba negros y procelosos mares de insondables profundidades. Por su desconcertada expresión, nuestro personaje daba toda la impresión de navegar sin rumbo. El cielo, al fondo, estaba muy oscuro, con lejanos destellos tormentosos.

De pronto una especie de rayo surcó su mente. En las fracciones de segundo que este iluminó los ocultos recovecos de su conciencia, pudo entrever algo que la angustió: que en esa pintura el gran drama humano no está representado únicamente por el infeliz hombrecito que, dentro de esa insignificante cáscara de nuez, está perdido en la inmensidad del océano nocturno, sino también por el mismo océano, un mundo abisal plagado de corales y algas, de langostas y medusas, de cetáceos, de peces, y de otros seres desconocidos que lo pueblan a una profundidad mayor.

Sintió que ese mar, de alguna manera, representaba el aspecto de la psique que es, con mucho, el más grande y poderoso (hay quien lo identifica con el destino o el azar), y que el pobre fantoche que se esforzaba encarecidamente en llegar a alguna parte remando, no era más que un juguete en manos del mismo.

Si le quedaban pocas ganas de seguir defendiendo su proyecto musical ante el consejero, ahora ya no tenía ningunas: la zozobra que le había producido esa intuición fugaz la agitó tanto que no deseaba otra cosa que volver a su casa.

Marina, despojándose rápidamente de todas las prendas que traía de la calle, se quedó en ropa interior, y se echó en el sofá, donde la esperaba su gata gris de ojos celeste eléctrico. Hacía mucho calor, y el animal se estiraba y ronroneaba como era de costumbre al regreso de su ama a casa. Adoraba la actitud digna e independiente de esos felinos, y en particular, sentía tener una gran afinidad con su gata, que había bautizado con el nombre de Coral.

Tenía más de treinta años y vivía sola en un piso pequeño pero confortable, junto a un tranquilo parque del barrio de Escaleritas. Sus cabellos, castaños y medianamente largos, caían en ondas alrededor de un rostro que tendía a una redondez casi lunar. De hecho, su figura —a todas luces agraciada y de proporciones armoniosas- era moderadamente gruesa, no por una alimentación descuidada, sino pura y llanamente porque así era su constitución. Un rasgo que sin duda había heredado de su madre, porque su padre era enjuto hasta tal punto que en las pocas fotos en blanco y negro que conservaba de ellos dos juntos, impresionaba el contraste que había entre sus cuerpos, y de hecho, nadie se explicaba cómo habían terminado casándose.

Marina se preguntaba a menudo si había en ella algo de realmente suyo, aparte de lo que había heredado de sus padres, abuelos, bisabuelos, etc. No se refería, por supuesto, a su tendencia a engordar, sino sobre todo a sus gestos, actitudes, carácter, inclinaciones, etc. A ese centro impreciso e intangible de toda actividad psicológica llamado "yo".

Recordó el teclado *Farfisa* que su padre, gran aficionado a la música de los años 60 y 70, atormentaba durante horas como un niño travieso que se divierte torturando a un gato. Sin embargo, fue precisamente eso lo que despertó en ella el amor por la música… y por los gatos también, pensó con humor. ¿O ambos afectos estaban ya latentes en ella, y solo necesitaban que algo los activara?

Observó largamente a Coral, que, tras estirarse a fondo ante ella, se echó panza arriba. Le acarició la barriguita, y ella ronroneaba a más no poder. En ese momento Coral ya no era simplemente Coral, pensó Marina: era "El Gato arquetípico", el de todos los lugares y épocas del mundo.

Se puso el batín y le echó una cucharada de azúcar al café que acababa de prepararse. Habría deseado compartirlo con alguien, sentados a la tibia luz del atardecer, junto a su balcón lleno de plantas ornamentales. Echaba de menos el disfrutar de un poco de compañía y de conversación, aunque llevaba bien su soledad, y además, en un caso de emergencia, siempre podía echar mano del teléfono y llamar a Dani, o a alguna amiga. Dani era su novio. Formaban una pareja muy al estilo moderno: cada uno vivía en su propio piso, se citaban para salir en días puntuales, y, eventualmente, él se quedaba a dormir en la casa de ella o viceversa. Ambos trabajaban en el ejército, ella en calidad de administrativa en un almacén de suministros, y él con el rango de teniente de la armada.

Marina había solicitado sus vacaciones para el mes de septiembre, que en Gran Canaria a menudo suele ser más caluroso que julio o agosto, pero más tranquilo, sin plantearse viajar ni hacer nada especial. Dani ya había disfrutado de sus vacaciones en verano (se fue de farra a Grecia con un par de compañeros). Ahora que habían llegado al fin las suyas, no se arrepentía de no haber programado ningún viaje, porque sentía la íntima necesidad de estar sola y tranquila. También quería escribir nuevas canciones, y revisar algunas de las antiguas.

Había convertido uno de los dos dormitorios del piso en un pequeño estudio de grabación casero, en el que pasaba buena parte de su tiempo libre grabando pistas de guitarra, bajo eléctrico, teclados, y otros instrumentos que arropaban su voz potente y afinada.

En las letras de sus canciones evitaba el romanticismo espurio y la protesta fácil. A menudo sus textos resultaban irracionales, pero entre líneas, lograban transmitir inquietudes y cuestionaban asuntos sobre los que normalmente se evitaba hablar, tales como el miedo, las creencias, el apego, o las máscaras que llevamos puestas y con las que nos terminamos identificando.

II

A veces Marina sentía que algo se le removía por dentro, y   perturbaba su vida previsible y tranquila. Aquella extraña angustia se hacía presente cada vez con mayor intensidad, y podía aparecer en cualquier momento: en un paseo por el parque, o durante el horario de trabajo. Fue en el mercado del puerto que, una mañana en la que el establecimiento se encontraba abarrotado de gente, de pronto tuvo la impresión de que todos, ella incluida, llevaban puesta una máscara: todas las caras, con sus facciones y expresiones, eran máscaras de carne, tras las cuales no había más que una misma persona sin rostro. Era como si se hallara en un túnel de espejos, viendo su cuerpo reflejado miles y miles de veces, con la diferencia de que aquellas imágenes adquirían vida propia, y cada una se ponía una máscara diferente: una tenía rostro de mujer, otra de niño, unas más de anciana, de ama de casa, de mendigo, etc. y que todas se identificaban totalmente con su personaje, actuando como tal.

Pero detrás de cada personaje, se reconocía siempre a sí misma.

Claro que, para ella, ese símil no daba de si todo lo que habría sido deseable: porque en un túnel de espejos ella sería la única persona real, y todas las demás, simples reflejos, mientras que tal y como ella lo percibía, todas eran igual de reales, y al mismo tiempo, todas eran ella.

Esos episodios le hicieron plantearse seriamente el acudir a la consulta de un buen psicólogo. Se lo propuso en varias ocasiones, pero al final, escudándose en uno u otro pretexto nunca llegó a ir. Y ahora que estaba de vacaciones, sencillamente, no tenía ganas. Ya iría en el caso de tener otra crisis, pero al menos por el momento, se sentía bien.

En cualquier caso, no estaba muy convencida de que un psicólogo le fuera a solucionar aquello: algo le decía que no se trataba de ninguna clase de desequilibrio emocional, ni de enajenación mental.

Por lo contrario, tenía la fuerte impresión de que la angustia que siempre acompañaba esas vivencias, solo era producto de que estaba empezando a percibir la realidad de las cosas; a realizar descubrimientos que, al menos en un principio, a cualquier persona le habrían resultado muy perturbadores.

Pero, ¿No era aquello mucho menos perturbador que vivir en un mundo totalmente ilusorio, en el cual los soportes de la tecnología digital le permitirían a cualquier individuo enfrascarse en el último videojuego, o en un amplísimo catálogo de mundos privados, que abarcan desde la mística medieval al sexo más desenfrenado, y de pronto descubrir que fuera, en el mundo real, todo está a punto de estallar en pedazos?

Le constaba que un número cada vez mayor de seres humanos pasaba todo su tiempo en mundos virtuales, y que desde que se inaugurara el Metaverso (antes Facebook), en 2022, y otros universos digitales creados por las empresas de la competencia, muchas personas se instalaron con sus cerebros en ellos de manera permanente. Su conciencia durante la vigilia se encuentra presente en la "realidad convencional" pero solo de manera parcial, aunque si lo suficiente como para poder trabajar, comprar, comer, conducir y realizar otras tareas básicas de forma eficiente. El resto de su mente está en otra parte. Tal vez en una playa paradisíaca, o practicando el sexo de formas que les serían totalmente imposibles en la vida real. Esta "conciencia divergente" se lograba mediante un pequeño implante cerebral, que se introducía por un procedimiento quirúrgico bastante sencillo y totalmente gratuito, realizado exclusivamente a petición del usuario.

Marina los veía ir por la calle cómo una nueva especie de sonámbulos. Si se les hablaba podían responder correctamente. Realizaban sus tareas de un modo mecánico pero impecable, y sin llegar a estar dormidos, vivían en un permanente estado de ensimismamiento, como cuando uno está absorto en una idea, sin que eso les impidiera atender otros asuntos.

A ella, y en general a todos los miembros de las fuerzas armadas, se les recomendaba encarecidamente que evitaran acceder al mundo virtual por motivos meramente lúdicos. Eso era debido a que allí nada es muy seguro: es un mundo fascinante y divertido, sí, pero en el que acechan amenazas, tales como los virus informáticos de última generación, algunos de los cuales están diseñados para producir adicciones absolutamente irreversibles o para provocar la definitiva idiotización del usuario.

Las calles, antaño pobladas de gente que llenaba las aceras y las terrazas de los bares, ahora estaban casi desiertas. ¿Para qué salir si todo estaba allí, a un clic, sin moverse de casa? El amor, el sexo, los placeres de la buena mesa, del juego, e incluso las pasiones más inconfesables?

El origen del malestar de Marina, en contrapartida, era totalmente real, y parte de esa realidad que la angustiaba, consistía en constatar como la alienación iba ganando terreno a su alrededor, de la mano de la tecnología.

Dani, por lo contrario, era como un niño con un juguete nuevo. Lo virtual lo entusiasmaba: en varias ocasiones se había citado con ella en el Metaverso, solo para tener relaciones sexuales en un entorno imaginario diseñado por él mismo. A ella le disgustaban los cuerpos que solía elegir para tales encuentros: tipos altos, excesivamente musculados, y dotados de falos descomunales, que le inspiraban, más que otra cosa, horror. Al final, decidió no volver a tener esa clase de citas ni con él ni con nadie, aunque en varias ocasiones había disfrutado de largas series de orgasmos consecutivos.

Se encontraba en un momento de su vida en el que deseaba con todo su corazón vivir en el mundo real, redescubrirlo, y ver lo que se oculta detrás de tantas apariencias.

III

Marina iba todos los días a correr y a hacer gimnasia en el parque que había frente a su casa. A menudo salía al campo a dar largas caminatas con un club de aficionados al senderismo al que se había afiliado. Todas esas actividades que realizaba en la "realidad convencional" le habían granjeado la fama de persona extraña, que vivía en los límites de la normalidad.

Era la chica rara del barrio, y eso hacía que se aislara, y que se viera condenada a pasar mucho tiempo sola. Incluso con Dani, últimamente, no tenía casi nada de qué hablar.

Esa mañana, mientras trotaba en el parque, se preguntaba a quién le podría confiar las intuiciones, las dudas, las vivencias que la embargaban desde hacía un tiempo. Por ejemplo, ¿Existe algo semejante al libre albedrío? Y si es así, ¿Qué podía significar ese concepto tan abstracto para el hombrecillo de la barca que ella había visto en aquel oscuro cuadro del Cabildo?

Sin pretender ser una experta, Marina tenía amplios conocimientos de informática, y sabía que existen paralelismos fascinantes entre el funcionamiento del cerebro y el de una computadora. Desde hacía tiempo se había dedicado a investigar los procesos de identificación que tienen lugar en el ser humano, y llegó a la conclusión de que, tras el sentimiento más arraigado de identificación con un país, nación, bandera, clan, religión, etc. no había nada de sagrado ni sublime: nada que un buen programador no pudiese conseguir en una máquina provista de unos recursos tecnológicos medianamente avanzados. Básicamente, nos identificamos con el historial de vida personal, que reside en nuestra memoria. Por eso, si se le pregunta a un enfermo de Alzheimer acerca de su identidad, podría provocársele incluso una crisis de ansiedad, porque tal vez ya no recuerde ni su nombre.

¿Qué somos? ¿Quién somos en realidad, más allá de ese historial de vida celosamente guardado en nuestras frágiles memorias? Marina se preguntaba cuál era su auténtica naturaleza, su ser más íntimo. ¿Había algo en ella más allá de lo mecánico, de lo programable? ¿Algo anterior al pensamiento y a la memoria, con todas sus banderas, divisiones y guerras?

Al formularse tantas y tan grandes preguntas sintió la necesidad de sentarse en un banco y descansar un poco. Bebió agua de la botellita que sacó previamente de su riñonera deportiva, y respiró profundamente. Un extraño silencio había ocupado el lugar de sus anteriores cavilaciones, y sin ser apenas consciente de ello, lo estaba disfrutando intensamente. Sus sentidos estaban volcados en el movimiento de las hojas de los arbustos y los árboles que estaban a unos treinta metros de ella, y en percibir los innumerables destellos de luz solar que despedían. Había una fuente en la que el agua sonaba cantarina al derramarse en una acequia, y de vez en cuando, entre los árboles veía moverse con rapidez las siluetas de unos pajarillos grises y verdes. Sintió que nada ni nadie podría robarle ese momento atemporal de paz. Era suyo... o más aún: era ella, ella misma, más allá del pensamiento, la memoria, con su infinito juego de máscaras y disfraces.

Se dio cuenta de que alguien, desde otro banco, la observaba. Lo reconoció: era Marcos, ese joven simpático e inteligente que formaba parte del grupo de senderismo, y con el que apenas había cruzado unas pocas palabras.

— ¡Hola Marcos! ¿Qué haces por aquí? ¿Vives en el barrio?

Él le sonrió:

— ¡Hola! Si, vivo en ese edificio.

Dijo, señalando un bloque de viviendas a poca distancia del suyo.

Ella lo miró a los ojos: siempre había tenido la sensación de que la escrutaba muy en profundidad, al mirarla.

—Qué coincidencia...

Añadió ella, sin saber cómo continuar.

Él la miró de nuevo, con aquellos ojos entre tiernos e indiscretos.

—Para mí no. No es una coincidencia. Te he observado: te pasa lo mismo que a mí.

Ella se sentó a su lado y calló. Estuvieron largo rato en silencio, sintiéndose parte del viento y de la corriente de agua. Viéndose saltar de una rama a otra y agitarse cómo hojas a merced de la brisa.

¿Qué había ocurrido? Aun no lo entendía muy bien... y quizás nunca entendería cual era la razón de que al fin podía sentir con suma claridad, dentro y fuera de sí, aquella vida secreta de la que, ahora lo sabía, jamás había estado separada, y que lo mueve todo: las hierbas y las flores, los cristales que se desarrollan durante siglos y siglos en las entrañas de la tierra, la evolución de la estrella más remota, la de sus propios cabellos y uñas, que crecen de forma lenta e imperceptible, e incluso la de sus decisiones e intuiciones más profundas y auténticas, aquellas que surgen de pronto, sin pensar, desde el misterio, y que no podemos permitirnos ignorar.

EL ABRAZO INFINITO

Se llamaba Tiffany, un nombre de origen anglosajón de sonoridad elegante y sofisticada que en la actualidad ha llegado a ser muy usual, y cuyo significado en castellano es el de "Manifestación de Dios". Cuando ella nació, hace ya sesenta años, el suyo era un nombre que solía asociarse más bien a atractivas protagonistas de novelas radiofónicas o de películas de Hollywood, y resultaba muy pretencioso y grandilocuente para la gente rústica y humilde de su aldea, un caserío que pertenecía a un área rural del noroeste de Gran Canaria. Seguramente incluso el cura del pueblo se habría mostrado reticente a consentir en bautizarla con ese nombre de pila tan raro.

Por esa razón, decidieron bautizarla Teofania, nombre de origen griego que tiene el mismo significado, aunque luego todos la siguieron llamando Tiffany.

A nadie le resultó raro que se la bautizara Teofania:

en aquella época, aún era frecuente que a las niñas se les pusieran nombres tan en desuso como Salustiana, Baltasara o Eduvigis y muchos otros más; nombres que evocaban galerías de retratos decimonónicos en los que los rostros de señoras vestidas de negro hasta el gaznate le observan a uno impávidos y severos desde el oscuro lienzo, con ademanes de vírgenes dolorosas.

Nombres que la gente del campo, en su devota sumisión, no solía elegir por sí misma, sino que tomaba directamente del santoral correspondiente a cada natalicio.

Sin embargo, en su forma anglosajona, Tiffany, evoca más bien el íntimo aroma de la pasión.

Por eso Andrés lo asimilaba a nombres tales como Samanta o Débora, que él siempre había encontrado propios de tigresas, devoradoras de hombres y mujeres fatales. Le recordaban a la *mantis* (Samanta) religiosa, que *devora* (Débora) la cabeza del ya prescindible proveedor de esperma.

Andrés pasó revista a los recuerdos que guardaba de ella en su memoria. Una bella mujer de sesenta años, casi del todo ajena a la cosmética y a la afectación, con una leve tendencia al sobrepeso que no restaba encanto en absoluto a su agraciada figura. De senos generosos y laboriosas manos, su carácter apacible, delicado y sensible, que embellecía aún más su rostro ya de por si hermoso, permitían que, incluso quien la acabara de conocer, experimentase de inmediato un sentimiento de confianza en su persona. Aunque no había cursado estudios superiores, su forma de expresarse ponía en evidencia que su nivel cultural era elevado. Por esa razón él supuso que debía ser una gran lectora autodidacta.

Andrés tenía muy presente el día en que se conocieron. Fue en el supermercado donde él trabaja de reponedor. Ella empezaba ese mismo día como cajera. Mientras que sus compañeras, en la media hora de recreo engulleron a toda velocidad su bocadillo para poderse tomar el café acompañado del imprescindible cigarrillo, ella desayunaba tranquila, sin prisas.

—No fumo,

Le dijo a Andrés

—Así que puedo permitirme el saludable lujo de masticar despacio

Concluyó sonriendo

Aunque Tefi, (diminutivo por el que todos la conocían en el "súper") empezaba ese mismo día a trabajar en el supermercado, no por eso se la consideraba una novata: venía de otro establecimiento mucho más grande, ubicado en pleno centro de la ciudad, y su actitud segura ponía en evidencia su veteranía.

Andrés la observaba con disimulo, fijándose en cada detalle de su comportamiento, y poco a poco empezó a admirarla. A la salida del supermercado, siempre que podía, la acompañaba a la parada de bus, y en el trayecto, conversaban.

Él descubrió, en primer lugar, que, aun siendo una mujer de una delicadeza exquisita, estaba dotada de un endiablado sentido del humor. Sin recurrir a un lenguaje rimbombante y afectado, podía expresar ideas y vivencias de una increíble profundidad. Le habló de sus hijos, uno de los cuales reside en Alemania, y da clases de química en Hamburgo, y del otro, que actualmente es ingeniero informático en Berkeley. Todo ello debido no solo al esfuerzo de los chicos, sino en gran medida al suyo y al de su marido.

Le contó que había trabajado durante años en el empaquetado de flores de exportación, en distintas labores agrícolas, y en el cuidado domiciliario de ancianos. Ahora tenía un par de nietos, los retoños de su hija que vive aquí en Gran Canaria, que son su pasión.

Su esposo, fallecido hacía ya unos diez años, trabajó como vendedor en una casa de automóviles, y su hija era docente en un instituto técnico.

La vida de Andrés había ido por derroteros muy distintos.

Su familia, que cuando él nació era una de las más adineradas e influyentes de su pueblo y de la isla, empezó a ir a menos a raíz de la muerte de su patriarca, Ventura Benítez, en gran medida por la falta de interés y de tiempo de sus hijos por administrar los bienes heredados.

La gran casa familiar, ubicada en pleno centro de la villa, y poco a poco todas y cada una de las propiedades de sus abuelos, fueron vendidas. Sus padres, acostumbrados a un alto tren de vida, no tardaron en malgastar la mayor parte de su herencia.

Cuando Andrés hubo cumplido veinte años, vio que estudiar en la universidad iba a estar más allá de sus posibilidades. Él, que había pasado su infancia y adolescencia leyendo a Homero, a Dante o a Maeterlink, escuchando a Beethoven, Bach, y a todos los grandes maestros de la música, tuvo que pasar por un *vía crucis* de trabajos inaceptables, vendiendo artilugios que ni él mismo jamás compraría, ni recomendaría a nadie, y en la mayor parte de los casos siendo explotado de un modo infame. Finalmente, el instituto nacional de empleo le ofreció un breve curso de reponedor de supermercado, y de ahí en adelante su vida mejoró un poco.

Pero aun así, el precio de la quiebra familiar había sido muy alto: no pudo permitirse tener hijos ni una casa en propiedad. Su peregrinación de un piso compartido a otro duró varias décadas.

Actualmente Andrés con sesenta y dos años a cuestas, aún no había perdido su pasión por la lectura y el estudio, y cómo ya era casi un anciano, solo anhelaba rodearse de personas sabias y auténticas, y de buenos libros: libros que a su vez también fueran sabios y auténticos, y no montones de papel repleto de entretenimiento desechable, redactados por y para gente que no pide otra cosa que algo o alguien que le ayude a auto engañarse.

Lidia, su expareja, también trabajaba, y gracias a eso, y a la ayuda que le proporcionaban sus padres, habían podido alquilar un piso y amueblarlo decentemente.

La pobreza pone a dura prueba una relación, y a la larga la puede convertir en un infierno. Desafortunadamente Lidia y Andrés no lograron superar tantas y tan grandes adversidades, y acabaron separándose hacía poco más de un año.

En efecto, ella había llegado a estar más que harta del carácter fantasioso y errático de Andrés. No podía aceptar que, mientras que ella tenía que pasarse el día en el *call center* haciendo llamadas para convencer a los clientes de la competencia de que cambiaran de operador de línea telefónica, tragando insultos y arengas de usuarios indignados, o soportando estoicamente que le colgaran el teléfono dejándola con la palabra en la boca, él se pasara todo su tiempo libre paseando, o en casa, leyendo y hablando de "la vida" y de otras cuestiones similares, que desde que el mundo es mundo han ido a llenar las fosas de los cementerios junto a la multitud de cráneos de personas que se las plantearon sin jamás resolverlas.

Cuando empezó a salir con él, llegó a deslumbrarla por sus conocimientos sobre arte, poesía, filosofía. Con su bagaje de experiencias y lecturas prometía tener todo lo que ella buscaba en un hombre. Al final, terminó pensando que todo aquello era muy decorativo, pero absolutamente inútil. Y de hecho, allí estaba el resultado de tantas elucubraciones: un reponedor de mercancías de supermercado de sesenta y dos años de edad. Ella pensaba que él no era más que un niño rico que hacía tiempo que se había quedado sin blanca, pero que seguía viviendo como si eso no hubiese ocurrido.

Lidia y Andrés eran dos líneas divergentes: formas de vida procedentes de mundos que distaban años luz el uno del otro, pero que compartían la misma casa, la misma cama, y comían sentados a la misma mesa; ella estaba cada vez más tensa y frustrada, él cada vez más apesadumbrado y ausente.

Al final, cuando estaban juntos, las pocas palabras que se dirigían las pronunciaban sin levantar la vista de sus móviles, y eso a menudo daba lugar a conversaciones absurdas, sin sentido, en las que al rato acababan dándose cuenta de que no hablaban de lo mismo.

Evitaban incluso cualquier contacto corporal, como si a partir de cierto momento que ya ninguno de los dos recordaba, su desengaño se hubiese vuelto tan visceral que se había trasladado al plano físico. La falta de respeto mutua ya era algo habitual, pero sobre todo de ella para con Andrés, que parecía vivir en la luna, mientras que para Lidia la vida se había convertido en una lucha constante, y la relación que había entre ambos ya no tenía nada que ver con sus expectativas iniciales.

Por todo ello, un buen día, Andrés tuvo que marcharse.

Tefi no guardaba ningún buen recuerdo de su infancia. Su madre murió cuando ella tenía diez años, siendo ella la más pequeña de tres hermanos. Mientras que el mayor se fue a la península para emprender la carrera militar, y su otra hermana al casarse dejó la casa paterna, ella se quedó sola con su padre.

Solo tenía buenas palabras para ese progenitor que la cuidó lo mejor que pudo aun teniendo el corazón desgarrado, pero que, por esa misma razón, no logró evitar que la niña creciera cargando con un sentimiento de tristeza y de soledad. Necesitaba huir de esa casa llena de recuerdos que su padre solo contribuía a mantener vivos.

Ella le confió a Andrés que tal vez por esa razón, a la edad de dieciséis años, creyó enamorarse de un muchacho mayor que ella, y sin dudarlo, se apresuró a casarse con él.

Aunque con los años su esposo se fue distanciando, convirtiéndose en un personaje cada vez más ajeno y esquivo, al menos le había dado la oportunidad de formar una espléndida familia en la que poder volcar el inmenso amor que albergaba en su corazón.

A menudo, al verlo hablar de modelos y marcas de automóviles, seguros a todo riesgo, caballos de fuerza y kilometrajes, sentía que era más bien como un hermano para ella. Un buen hombre, con el que de pronto, un día se encontró luciendo un traje de novia ante el altar.

En una de aquellas caminatas hacia la parada de bus, ella le comentó que, al menos en ese aspecto, sus historias tenían muchos puntos en común: sus relaciones de pareja, que en un principio prometían salvarlos de la soledad, acabaron devolviéndolos a ella sin piedad.

Como si tras montarse a un tiovivo de hermosos colores y dar un sin número de vueltas, hubiesen bajado, aturdidos, confusos, exactamente en el mismo lugar en el que se encontraban antes de subir... pero varias décadas más tarde.

—Ya viene el bus, —dijo ella, preparándose para subir al transporte público. Abrió su bolso para sacar el bono mientras que él hizo el ademán de irse, pero al avanzar se tropezaron, y de pronto, ocurrió: como impulsados por el magnetismo de secretos imanes, se fundieron en un íntimo abrazo.

II

Andrés, echado en el sofá de su casa, mientras que su compañero de piso se daba una ducha, rememoraba la conversación de aquella mañana con Tefi. Esa imagen que ella utilizó, la del tiovivo... regresaba una y otra vez a su mente. No se le ocurría una manera mejor de expresar el desengaño, la desilusión, el tiempo perdido corriendo tras el fantasma de la felicidad...

Era como si la vida le estuviera diciendo:

—Si en el amor solo buscas una huida de ti mismo, de tu vacío, de tu desolación interior, podrás creer por un tiempo que lo has conseguido, pero tarde o temprano te volverás a ver en el punto de partida, y por enésima vez, completamente solo -

Y... ¿Qué decir de aquel abrazo? Nunca se habían abrazado anteriormente, ni tan siquiera se habían acercado demasiado el uno al otro, pues siempre habían guardado una prudente distancia, y tuvo la certeza de que, en ese abrazo de despedida, había ocurrido algo devastador: como si una poderosa sacudida hubiese derribado de pronto todas las barreras que había entre ellos.

El día siguiente, cuando ella llegó al trabajo, su rostro irradiaba una gran serenidad. Un estado que Andrés asoció enseguida con la paz profunda del espíritu. Al verlo, ella le hizo un guiño que parecía querer decir:

—Lo que ocurrió ayer fue excepcional, maravilloso, pero que quede entre tú y yo, por favor.

Efectivamente, ese abrazo iba más allá, mucho más allá del mero contacto físico: más allá del sexo y la pasión en todas sus manifestaciones. Lo ocurrido se asemejaba más bien a ese estado de bienaventuranza, de gracia, que pocos afortunados dicen haber hallado en este mundo; a ese jardín del Edén del que hablaron tantas tradiciones, y del que nos señalan el camino de regreso.

—Tefi, ¿Saldrías conmigo a dar un paseo uno de estos días?

Le dijo Andrés al día siguiente.

Ella era una mujer mayor, con muchas responsabilidades, nietos, hijos, casa, trabajo... pero le dijo que sí. Tenían muchas cosas que aclarar, los dos estaban convencidos de ello.

Quedaron de forma clandestina, cómo lo hacen los amantes. Ella le dijo a su hija que iba a almorzar con unas amigas. En un principio prefería que se vieran así, a escondidas, hasta aclarar las ideas, por el bien de sus hijos y nietos más que por el suyo. Los dos, en realidad, solo querían saber qué les había ocurrido en ese abrazo, y aunque ninguno de los dos quería causar dolor a los suyos, se sentían en pleno derecho de profundizar en una relación que no podía ser más que buena.

A la salida del supermercado se fueron juntos a almorzar, y luego a dar un paseo al parque Doramas, uno de los más bellos de Las Palmas, y tal vez el más antiguo.

— ¿Qué nos pasó el otro día? —Inquirió él, cuando llegaban al laguito de los cisnes.

—Fue como si todos los muros se desplomaran, y ya no hubiese nada que nos separase, —dijo ella —cómo cuando sonaron las trompetas ante las murallas de Jericó.

—Eso es exactamente lo que sentí —afirmó Andrés

Durante el paseo por el parque, la conversación transcurrió en una atmósfera de confianza y de intimidad insólitas, dado el escaso tiempo que había pasado desde que se conocieron. Cualquier persona que los observara habría dicho que eran esposos, y que habían pasado toda una vida juntos.

—No soy gran cosa, solo tengo mucho amor que ofrecer... pero él no me prestaba ninguna atención, no me miraba, ni me escuchaba... lo mismo que ella hacía contigo.

—Sin embargo, Tefi, tú no me das la impresión de ser una persona amargada, resentida...

—No lo soy, y de hecho, mientras él vivió, nunca me planteé en serio abandonarlo: además, teníamos hijos y nietos en común y nunca deseé hacer pasar a toda mi familia por una desgarradora ruptura. Solo me habría bastado poderme comunicar con él, y que hubiese sido, si no un esposo, al menos un amigo para mí, no un extraño al que terminé por acostumbrarme. Pero a esas alturas ya sé que era pedir lo imposible: él no quería, sencillamente, hablar de otra cosa que de coches, de fútbol, y de poco más. El círculo de sus intereses, con los años, se había ido estrechando tanto que se volvió asfixiante.

 Aun así, me mantuve tranquila, y siempre amé la vida con todo lo que me traía de bueno y de malo.

Mientras la escuchaba, sentía admiración hacia aquella mujer, por su integridad y transparencia. Pero al mismo tiempo, en él pujaba con vigor una duda, que no pudo dejar de expresarle:

—Pero entonces, dime: ¿Qué ocurre con nosotros dos? ¿Qué somos el uno para el otro, después de ese abrazo?

Ya eran las ocho de la tarde, las madres con sus niños se habían ido marchando del pequeño recinto de juegos infantiles ubicado en la parte baja del parque Doramas, e incluso los ancianos y los grupitos de jóvenes abandonaban el lugar para dirigirse a sus casas; el invierno hacía que a esa hora oscureciera casi del todo. Solo quedaban un par de parejas en los bancos más apartados de las farolas, al abrigo de los arbustos.

Ella lo tomó de la mano y anduvieron un rato así, sin pensar en nada. Andrés creía flotar a un palmo del suelo. Sintió que los dos lo hacían.

La miró a los ojos: su brillo le confirmó que ella sentía lo mismo.

— ¿Lo sientes con la misma intensidad?

Preguntó Andrés.

—Si... nunca me había ocurrido antes.

Respondió mientras él la invitaba a sentarse en un banco.

Ya había oscurecido por completo.

Andrés sintió que la deseaba. Habría querido acariciarla, besarla, pero al mismo tiempo se daba cuenta de que ese no era el camino: el deseo no conseguía más que enturbiar el sublime sentimiento que los elevaba a ambos.

—Tefi, si nos hubiéramos conocido de jóvenes ¿te habrías casado conmigo?

A lo que ella contestó sin dudarlo:

— ¡Sí!

Ambos rieron por lo apresurada que había sido su respuesta a una pregunta tan comprometida: era evidente que ya se la había estado planteando en su fuero interno.

Y añadió:

—habríamos sido muy felices.

— ¿Y por qué no ahora? – Le preguntó él, a lo que ella respondió:

— ¿Lo ves realmente necesario?

Se quedaron en silencio, cogidos de la mano; sus mentes estaban en plena calma, libres de toda perturbación. El pensamiento había detenido su parloteo y en su lugar, algo inmenso, una dimensión mucho más profunda dentro de ellos mismos se hizo presente, como cuando el cielo se despeja de nubes, y deja ver el sol. Estuvieron así hasta que llegó la hora de que cada uno regresara a su casa.

El abrazo infinito

III

Acostado en su cama, Andrés estuvo un buen rato sin poder dormir. Esa quietud que había vivido con ella en el parque, permanecía en su corazón no como un recuerdo, sino como un hecho del todo actual. Y de esa quietud sentía brotar un manantial de amor que inundaba el universo entero...

Todo lo ocurrido esa tarde le recordaba los encuentros amorosos entre Radha y Krishna en el lujuriante jardín de Vrindavan. El dios y la pastora indios se encontraban en aquel vergel en las noches de luna llena, y ella lo seguía por los bosquecillos de bananos guiada por el sublime sonido de su flauta.

El Gita Govinda, obra en la que se relata esta bella leyenda, dice que Radha, aun estando casada, no incurría en adulterio en sus encuentros con Krishna, pues el amor que existía entre ellos trascendía lo mundano.

Andrés se preguntaba si él estaría a la altura de vivir esa íntima unión sin dejarse arrastrar a la deriva por el deseo, ese dragón famélico que destruye con sus voluptuosas llamas todo cuanto anhela.

Tanto él como Tefi necesitaban una señal, un indicio. Sea como fuere, ambos compartían la certeza de que la mutua devoción que se profesaban era algo tan trascendente, se alejaba tanto del amor entendido en el sentido más convencional y mundano del término, que no podían aceptar que fuese fruto de una simple coincidencia.

IV

Los ojos de la encargada del supermercado, que por lo demás lucía una actitud discreta y profesional, se habían convertido en hogueras centelleantes de ira. Le costaba reprimir la sarta de insultos que estaba deseando propinarle a ese viejo inútil. Tenía más de un motivo para echarlo, dando parte a la empresa de su lentitud, de su escasa capacidad retentiva, y de su falta de interés en dar lo mejor de sí para la empresa. Estaba harta, además, de tener que lidiar con gente tan poco competitiva. Gente que ella solía tildar de "conformista", porque se contentaba con tener lo necesario para vivir, y de "mediocre" porque sus ganancias y aspiraciones materiales, a su juicio, dejaban bastante que desear. Pretender cambiar la forma de ser de Andrés a esas alturas, para hacer de él un hombre ambicioso y agresivo era perder el tiempo: el daño estaba hecho, y como ella, en el fondo, también tenía un corazoncito dentro de la caja fuerte de su pecho, haría indecibles esfuerzos por tolerarlo hasta que al fin se jubilara. Como decía su *coach*: "La mayor prueba de tu empoderamiento como mujer libre es la compasión que sientes para con los fracasados".

En cuanto a Andrés, en ese mismo instante estaba colocando las latas de conservas y mermeladas en la estantería correspondiente. Él sabía perfectamente que la encargada lo despreciaba, pues representaba todo lo que se oponía a sus valores de "triunfadora de supermercado". Sonrió, sin dejar de trabajar a su ritmo calmado de hombre mayor.

Su jefa se ponía furiosa al verlo siempre tan tranquilo y relajado, trabajando sin prisa, pero sin pausa. Pero lo que más la sacaba de quicio, lo que realmente no podía soportar, era que él, el reponedor impresentable, el último mono de la manada, le sonriera mirándola directamente a los ojos.

Cuando al fin salieron juntos en dirección a la parada del bus, Tefi observó:

—No puede soportar ver que alguien viva tranquilo, sin estar obsesionado en competir y triunfar como ella, ¿Verdad?

—"Triunfar en Mediocrilandia", como solía decir un buen amigo mío refiriéndose a cierto concurso televisivo creado con el fin de tomar por asalto el primer puesto del Festival de Eurovisión, sin jamás conseguirlo ni de lejos.

Añadió Andrés, sin poder reprimir una risotada.

— ¿Sabes, Tefi que, según reza la leyenda, el dios hindú Krishna solía encontrarse en un frondoso jardín con su amada, las noches de luna llena?

—Qué hermosa historia... no, no la conocía.

— ¿Para cuándo será nuestro próximo paseo por el parque Doramas? Hay una cafetería allí, con una terraza desde la que se divisa gran parte del parque...

—Te avisaré con tiempo.

Le aseguró ella, afectuosa.

En sus apresuradas conversaciones a la salida del trabajo, Tefi y Andrés se fueron conociendo, cada día un poco más. Para sorpresa de ambos, los dos procedían del mismo pueblo del norte de la isla, pero, mientras que él descendía de una familia de alcurnia, y había vivido buena parte de su infancia en una gran casa en el centro de la urbe, ella venía de una modesta y honrada familia de agricultores, que habitaban en un pago de casas que se erguían entre riscos y pinares.

— ¿Sabes?

Le dijo ella en una ocasión.

—Hubo un tiempo en que yo trabajaba para el Ayuntamiento como jardinera, y una de las tareas que tenía que realizar era la del cuidado de los árboles y las plantas de la plaza del pueblo, junto a la que se encuentra la casa de tus abuelos, y cada vez que me detenía a mirar ese caserón imponente, me preguntaba cómo sería la vida de la gente que vivía ahí dentro… qué cosa tan extraña que ahora tú y yo tengamos… esta bella amistad.

Concluyó, dudando acerca de qué palabra emplear para definir aquella relación tan poco usual.

Andrés la miró desconsolado:

Si ella supiera, pensó, ¡qué poca paz había encontrado allí, en aquella suntuosa mansión! Miradas torvas, cargadas de celos, de soberbia, de aires de grandeza; intrigas y habladurías perversas, llenas de falsedades. Beatería de cirio y procesión, mezclada con la envidia y la codicia más carroñera y con un sentimiento de pertenencia a una clase superior, casi tan rígido, inhumano e irracional como el sistema de castas indio.

—Mírame, Tefi. ¿Qué ves?

Inquirió Andrés.

—Esta es la realidad, mi realidad. Es la consecuencia de ese mundo decadente, parasitario, en el que crecí y fui criado, que acabó devorándose a sí mismo, después de agotar todos sus recursos.

Has trabajado en el campo, como jornalera en fincas de ricos terratenientes, o como jardinera municipal... tu vida ha sido dura pero llena de sencillas satisfacciones. Mira ahora como son tus hijos, y luego, mírame de nuevo a mí.

Concluyó Andrés, que estaba a punto de llorar.

Ella, en la parada, lo abrazó con infinita ternura, sin importarle las miradas de la gente.

V

Lo esperaba en la terraza de aquella cafetería, sentada junto a la última mesita, la que daba al pretil por el que se divisa la variadísima vegetación del parque Doramas, sus simétricos jardines de flores y a la derecha, el estanque de los cisnes, en cuyo fondo se movían grandes peces de variados colores. El jacarandá y el ficus, cercados por parterres llenos de acantos, con sus grandes hojas de un brillante verde oscuro, se alternaban con el drago, la casuarina y la palmera canaria.

Los dos eran amantes de la naturaleza, y disfrutaban al contemplar sus lentas transformaciones, sus misteriosos procesos. La observaban desde un reverencial silencio, con la actitud maravillada de un niño, y la mirada paciente de un anciano.

La tarde languidecía lenta y tranquila, pletórica en su claridad y quietud. Los gritos de los niños que jugaban en los columpios y los toboganes, aunque se hallaran a unos cien metros de allí, parecían venir de mucho más lejos, de una gran distancia, y la vida transcurría como si de pronto todos los relojes se hubiesen detenido al mismo tiempo, y nadie tuviera ya prisa.

Finalmente él apareció, visiblemente contento, algo nervioso y electrizado, excusándose por un pequeño retraso de apenas unos minutos.

Esta vez hubo entre ellos mucha más cercanía y calidez, y la conversación estuvo jalonada de guiños y frases afectuosas que se dedicaron mutuamente.

Esperaron a que oscureciera para volver a pasear cogidos de la mano, pues el temor de ser vistos por algún conocido o allegado era muy grande, y aunque no tenían la impresión de estar cometiendo nada censurable, sabían de lo retorcida que puede llegar a ser la mente de algunas personas.

—Tefi, ¿Qué piensas acerca del amor? ¿Qué es para ti?

—Que existe. Tú y yo somos la prueba…

— ¿Y tu esposo? ¿Y mi mujer? ¿Qué eran ellos para nosotros, entonces?

Rebatió Andrés, impaciente. Él había rechazado durante toda su vida creencias como la de las almas gemelas, o de la media naranja, como fantasías de amor eterno inventadas por la industria para sacarles a los ingenuos un inmenso beneficio.

—Supongo que cada uno habrá cumplido con un papel importante en tu vida y en la mía, Andrés, pero pienso que una abuela, una hermana, o un completo desconocido puede ser tu alma gemela, y no necesariamente tu pareja.

— ¿Alguien, tal vez, junto a quien la ilusión de la separatividad se vuelva tan débil que resulte casi inexistente? ¿Qué te permita ver claro que es solo un espejismo?

Preguntó Andrés, tratando de encontrarle un mínimo de sentido a lo que hasta el momento había considerado una sarta de incongruencias.

— ¡Exacto!

Aprobó ella, y continuó diciendo:

—la ilusión de ser un yo separado se nos muestra con mucha claridad al relacionarnos con esas personas tan especiales para nosotros, mientras que con todos los demás se interpone una maraña tal de sentimientos de atracción, rechazo, miedo, conflicto, y también de prejuicios, creencias, etc. que se nos hace imposible la comprensión de algo tan elemental cómo el hecho de que todo es uno.

—Esperar que los demás estén a la altura de aceptar que pueda existir ese amor tan profundo y verdadero entre dos personas sin que tengan una relación de pareja, creo que sería pedir demasiado. Puede incluso ocurrir que a las mismas almas gemelas, condicionadas por los estereotipos sociales vigentes, les cueste mucho concebir que lo uno pueda existir sin lo otro.

Andrés estaba impresionado. Ella, que se tenía a sí misma por una persona poco instruida, y que por consiguiente no se sentía a la altura de relacionarse con alguien tan leído como él, acababa de resumir en pocas palabras lo esencial de la doctrina budista del *anatman* (No Yo). Doctrina que él consideró en su momento un gran hallazgo intelectual, una gran revelación, a la que había llegado tras un sin número de lecturas.

Recordó lo que había leído hacía años en un libro sobre budismo zen: "en muchas personas, el conocimiento intelectual se convierte en un gran obstáculo a la hora de lograr la comprensión pura y no fragmentada de la realidad de la que habla el zen, ya que las inclina a perder la capacidad de mirar los hechos de un modo simple y directo. Eso no significa que entre los maestros del zen no hubiera intelectuales de gran calado, cómo D. T. Suzuki, quien, precisamente, en uno de sus escritos, comentó que el conocimiento intelectual había supuesto para él un serio obstáculo para alcanzar el Satori."

—Ven —le dijo ella, —vamos a sentarnos

Fueron a un banco que se hallaba a un extremo del parque, en el área menos iluminada, pues la farola más próxima se encontraba bastante lejos de allí.

Andrés se sintió intrigado, y por un momento dudó de ella: ¿Tendría intenciones libidinosas que hasta ese momento no había dejado entrever?

Se sentaron, y en breve, volvieron a tomarse de la mano.

Tras un par de minutos de silencio, ella comenzó:

—Debo decirte algo.

Él era todo oídos

—Hace meses pedí traslado a un supermercado de mi pueblo, pues se me hace cada vez más pesado venir todos los días a Las Palmas, que es algo que llevo haciendo desde hace años. Hace casi un mes me trasladaron al supermercado donde tú trabajas, cosa que no entendí.

Pero ayer, cuando ya no la esperaba, me llegó la respuesta a mi solicitud, y el próximo lunes empezaré a trabajar allí, como encargada... ahora sé que el puesto de cajera en tu "súper" no era otra cosa que un ajuste provisional, que la empresa realizó a la espera de que la plaza que yo había solicitado quedara vacante.

A Andrés se le cayó el alma al suelo: no podía ser que ahora que había encontrado a aquella criatura única, todo terminara en un abrir y cerrar de ojos.

Le parecía que ambos habían nacido para recorrer de la mano los caminos del mundo, nada era más maravilloso para él que un minuto a solas con ella, y ahora...

—Serénate, mi niño lindo, que, aunque ya no nos vayamos a ver todos los días, seguiremos en contacto por Whatsapp, y encontrándonos cuando podamos, aquí, en este precioso jardín, o dondequiera que sea.

Era verdad, y esa verdad lo tranquilizó un poco, aunque, por otra parte, estaba convencido de que cuando ella se fuera, iba a experimentar un inmenso vacío, al que no tendría otro remedio que acostumbrarse.

Ahora que sabía que pronto todo iba cambiar para ellos, sintió el irrefrenable deseo de retenerla a besos, haciéndole el amor, acariciando sus pechos y su flor más intima. ¿Por qué no podían ser amantes, aunque solo fuera por un día? ¿Quién se lo podía recriminar, si a nadie le importaba su soledad?

Pero a la vez sabía que de esa forma jamás la podría retener, antes bien, lo único que seguramente obtendría sería el no volverla a ver nunca más.

Andrés estaba deshecho. Ella, al verlo, le ofreció un abrazo, pero él, esta vez, se apresuró a guardar las distancias: estaba convencido de que las consecuencias iban a ser demasiado dolorosas para él, y que necesitaba reeducarse para la soledad. Recordó aquel abrazo infinito que hizo que, en una fracción de segundo, cayeran las vallas y las alambradas del ego, desapareciendo como hologramas al apagarse la luz que los proyecta, y temió que esta vez, al volver a abrazarla, no se sintiera capaz de vivir sin ella.

—Sí, lo reconozco.

Admitió

—Nunca me he sentido a la altura de tu amor, Tefi, y en realidad, nunca he creído en las almas gemelas. Pero me basta con saber que existes para que todo cobre sentido para mí.

Ella respondió:

—Yo si tengo la certeza de que tú y yo somos almas gemelas, y ahora que nos hemos encontrado, de un modo u otro, velaré por ti, y tú por mí. Y sé que siempre, al final, nos volveremos a encontrar.

Andrés con los ojos bañados en lágrimas, la acompañó a la parada de taxi. Se había hecho muy tarde, a ella la esperaban en su casa.

LA CANCIÓN DEL DIABLO

Siempre terminaba llegando a la conclusión de que mi novio era demasiado crédulo. O quizás lo más exacto sería decir que era un iluso. El caso es que Pablo estaba tan enamorado de mí que se pasaba el día buscando la manera de agradarme siguiendo las recomendaciones y consejos de cualquiera que le pareciese digno de confianza. Solo por poner un ejemplo, su padre, -que, a diferencia de él, en su juventud había sido un auténtico galán, un seductor que había trabajado en la industria del cine, y que incluso había tenido un par de líos con actrices,- un día le dijo respecto a las mujeres:

—Si las haces reír, ya tienes medio camino andado. Hasta que no logres robarles una sonrisa, o mejor aún, una carcajada, no te las meterás en el bolsillo.

Pablo, que para todo era muy concienzudo, se aplicó sin reservas a hacerme reír. Se dedicó a aprender chistes de toda clase, los buscó en libros, en la red, frecuentó a sus amigos y a sus compañeros de trabajo más divertidos. Pero maldita la gracia que tenía el pobre. Cuando contaba un chiste, parecía más bien que rezara el padrenuestro, o el avemaría, o la letanía del santo rosario igual que una vieja gazmoña.

Esos esfuerzos por complacerme fueron, pese a todo, efectivos, porque consiguieron despertar en mí una honda ternura, aunque si llegué a sonreírle fue más bien por compasión. Es que, como siempre me han dicho mis amigas, con los hombres soy una especie de Madre Teresa de Calcutta: me inspiran ternura los que son más torpes, pacatos e incapaces, y es como si me atrajera esa clase de maromos, como ellas suelen llamarlos. La ironía es que mi nombre es, precisamente, Teresa.

Sin embargo, con Pablo llegué al límite: éramos amigos desde la infancia, y por esa razón, había entre nosotros un afecto intrínseco. Siendo sincera, también me agradaba su físico, pero esa obsesión compulsiva por agradar, hasta meterse en papeles que exigían una gran predisposición natural de la que él carecía totalmente, me resultaba cada vez más lamentable. De niños jugábamos a ser novios, aunque no pasamos de darnos besos en las mejillas, pero en cuanto llegamos a la adolescencia, yo le dejé en claro que solo éramos amigos, y nada más. Sin embargo, tanto por su parte como por la mía, en más de una ocasión hubo momentos de debilidad que dieron lugar a coqueteos, e incluso a escarceos amorosos. Desde hace un par de años para acá, comenzamos a salir como pareja, más por su insistencia que porque yo estuviera muy convencida. Desde ese momento su afán por despertar mi interés y tratar de enamorarme perdidamente, creció en proporciones geométricas, y se convirtió en una auténtica carga para mí.

Otro ejemplo de su excesivo empeño en agradar tiene como protagonista el baile. Siempre careció del más elemental sentido del ritmo, y por mucho que yo pusiera todo mi empeño en enseñarle, cada día parecía bailar peor, con menos gracia que los gigantes y cabezudos de las fiestas del pueblo. Terminé dándolo por imposible, resignándome a no salir a bailar, al menos con él.

Pero bastó que el sabelotodo de Mario, su amigo, afirmara categóricamente que si no aprendía a bailar en condiciones yo me marcharía con otro, para que reaccionara: se obsesionó con la idea, y a partir de ahí sus esfuerzos por aprender a bailar salsa, merengue y toda clase de bailes de salón se multiplicaron.

Para él Mario era infalible, como el Papa, o incluso más, porque su infalibilidad no se limitaba a los asuntos de religión, sino que abarcaba lo mundano y lo divino, lo visible y lo invisible, a pesar de que lo único que a mí me constaba que Mario supiera hacer pasablemente bien eran los arreglos de albañilería.

Pablo empezó a llevarme a bailar varias veces por semana, y yo, cómo Teresa que me llamo, nunca me negué, por mucho que comenzara a sentir una fuerte aversión hacia el baile, que en otras circunstancias, habría sido algo totalmente inexplicable en mí.

Llegó a un punto en el que, al creerse ya un bailarín consumado, adoptaba unas poses tan teatrales y grotescas, se pavoneaba tanto moviendo su trasero de una forma totalmente ajena al compás y al ritmo, que más bien parecía estar ligeramente borracho.

Yo, que hasta entonces, le había tratado de inculcar la idea de que en el baile lo importante es disfrutar, sin pensar en que los demás le pudieran estar observando a uno, al final empecé a sentir vergüenza ajena, y como prefería que no me vieran bailando con él, buscaba cualquier excusa para no salir a la pista.

Pero seguí sintiendo una gran debilidad por ese cabezota, debido, como ya dije, a su obstinado empeño y a su torpeza, que de manera instantánea activaban en mí un maternal instinto protector. Y sí, ahora pienso que confundí ese impulso con el amor.

—Pablo —le dije en una ocasión
—no seas tan perfeccionista, cariño. Si para conseguir complacerme tuvieras realmente que hacer un curso de cómo contar chistes, de cómo bailar, cocinar, de…. todo lo que se te pueda ocurrir, sería mejor que te quedaras soltero.

Pablo se entristeció, y ya me iba a comentar algo, cuando anticipándome a sus palabras le dije:

—no es por falta de cariño, lo digo sobre todo por tu bien. Cuando dos personas se quieren, se quieren con sus defectos, con sus carencias, sus errores. Si tuviésemos que esperar a que el otro sea un dios en cualquier actividad que se proponga realizar, sería una desgracia.

El me dio toda la razón, incluso me imploró que lo disculpara, y por un tiempo pareció olvidar ese exagerado afán por complacer, fascinar, enamorar a los demás, afán que lo echaba todo a perder, poniendo en fuga a amigos, novias, compañeros, familia…

Pero aquello no duraría mucho tiempo. Sin ninguna pretensión de quererme hacer pasar por psicóloga, -pues apenas tengo el bachiller superior- yo creo que Pablo fue muy marcado por las exigencias de sus padres: por lo que me contó, desde muy pequeño tuvo la sensación de que tenía que lograr algo extraordinario para ganarse el afecto de aquellos dos bobos que no habrían sido nada sin la generosa y constante ayuda familiar, aunque pretendían dar la impresión de ser personas "hechas a sí mismas", sofisticadas y exigentes, jueces omnisapientes e inflexibles de los desaciertos y mal gusto ajenos, que nunca de los propios.

Pablo pensó que para lograr que lo quisieran, tendría que ser el primer hombre que pisara Marte, o el arqueólogo que descubriese una cámara egipcia que cambiara de forma radical la visión que los sabios tenían acerca de aquella antigua civilización.

Tener un hijo, una buena esposa, y ser feliz, no eran cuestiones que les parecieran relevantes: todos pueden tener un hijo, hasta las ratas y los insectos, pero llevar el apellido familiar a los libros de historia, eso es cosa que solo una selecta minoría puede lograr.

Así, Pablo, vivía con la pesada carga de sentir que era una tremenda decepción para sus progenitores, y de que tenía que intentar algo extraordinario para lograr retener a su lado a las personas que amaba.

Cuando se interesó por la religión, fue con la obsesión de convertirse en el Mesías, y no en un creyente más. Cuando le regalaron una guitarra, su gran sueño fue el de ser mejor que Andrés Segovia o Eric Clapton, no porque amase la música sin medida, sino por ser el guitarrista del milenio, o, a ser posible, de toda la historia.

Me entristecía mucho imaginar el sufrimiento que debía significar para el pobre hombre esa continua lucha por destacar ante personas a las que él les daba absolutamente igual.

Un día tuve la lamentable idea de llevarlo a una echadora de cartas del Tarot, de la que me habían hablado muy bien. Digo lamentable, porque más adelante, como verán, tuve la oportunidad de arrepentirme de haberlo hecho.

Los dos somos de un pueblo que tiene una gran tradición esotérica. De hecho, por lo que me explicó un amigo, parece que en el siglo XVIII allí confluyeron muchos negros subsaharianos que habían sido traídos en condiciones de esclavitud por comerciantes ingleses, procedentes de la costa noroeste africana, para trabajar en las recién estrenadas plantaciones de plátanos. Con ellos llegaron también sus prácticas de magia y brujería de las que, aún en la actualidad, no es muy difícil identificar la procedencia. Efectivamente, si seguimos su rastro, nos conducirán a menudo hasta Senegal, Dahomey y Nigeria, entre otros países. Pero es que, además, curiosamente, tal vez atraídos allí por su fama de pueblo ocultista, más adelante también hubo brujas y brujos españoles, holandeses, flamencos, etc. que lo eligieron como lugar de residencia.

En el antiguo barrio de San Juan, de hermosas casas coloniales solo separadas por estrechas callejuelas de adoquines, vivía la mencionada cartomante, que nos esperaba en una amplia sala con todas las ventanas completamente cerradas, e iluminada únicamente por unas pocas velas. Aunque apenas pasaba de los cincuenta, tenía el rostro surcado por pequeñas arrugas, que la luz fantasmal de las velas hacía parecer, por momentos, más profundas; su cabello rubio ensortijado, que contrastaba con unos rasgos faciales levemente negroides, su tez blanca con un ligero tinte moreno junto a unos ojos negros diminutos, sugerían que fuera el resultado de un mestizaje secular.

Hablaba poco, y fijaba la mirada muy directamente sobre nosotros, que estábamos sentados frente a ella, con una mesita de por medio. Sobre la mesa, la baraja sin cortar y una vela encendida. Sus ojos transmitían la misma maldad que los de las gallinas. Me asusté, porque a los pocos minutos de entrar en su consulta dejé inmediatamente de confiar en ella: me dio la impresión de que estaba sopesando hasta qué punto llegaban nuestra credulidad y nuestra necesidad de auxilio para hacer una estimación de cuánto dinero nos podía sacar.

Tras escuchar en silencio el motivo de nuestra consulta, barajó las cartas, y las empezó a distribuir sobre la mesa.

Según nos explicó con voz calculadamente cansina, en aquella echada ocupaban un lugar destacado principalmente cuatro cartas: Los Enamorados, El Colgado, El Juicio Final y La Luna. Y luego, también La Rueda de la Fortuna y La Muerte.

—Malo, malo. Yo lo que veo aquí e que se te ha metio dentro un espíritu malino y lo vamo a sacá con un rituá.

Nos dio una larga lista de ingredientes extraños, muchos de los cuales ella misma nos vendería, para que pudiera realizar una serie de rituales en beneficio del pobre Pablo, que solo escuchaba, aturdido.

Cuando en la lista que nos dio por escrito, vi que figuraban cuatro palomas y un gato negro, vivos (amén de ranas y culebras disecadas, doce cirios negros, esperma fresco del demandante del hechizo, y tantas otras cosas que sería engorroso reseñar aquí), se me ensombreció el semblante, y le pregunté secamente que para qué quería tanto animal vivo.

—Ay, parece que no sabe a lo que vinite, mi niña: pa sacrificalo bobita, ¿Pa que va a se? ¿O quiere que tu namorao siga asín de enfelmo?

Pablo y yo amábamos profundamente a los animales. No éramos veganos por qué no creíamos que la clase de alimentación que la especie humana ha tenido durante decenas de miles de años se pueda cambiar por un simple acto de voluntad, ni en un chasquido de dedos, sin causarse serios daños de salud. No obstante, los dos apreciábamos que de forma natural, tendíamos a comer cada vez menos carne y una cantidad cada vez mayor de verduras y hortalizas. Pero nunca obligándonos a hacerlo.

Degollar un animal hasta que muera desangrado para realizar un rito por la razón que sea, era para nosotros un signo de salvajismo. Debe haber una forma más avanzada de curar los problemas del alma humana que la de cortarle el gaznate a palomas y gatos negros indefensos.

Nos levantamos dispuestos a marcharnos, tras decirle a la pitonisa que no queríamos vernos implicados en prácticas tan brutales y repugnantes.

La bruja con ojos de gallina enfurecida dijo, dirigiéndose a Pablo:

—po si no quiere jacelo, lo unico e, pa enamorala, buscá la canción der diablo y cantásela.

Pablo rebatió, irritado:

— ¿La canción del diablo? Explíquese.

De pronto, desde el rincón más tenebroso de la habitación en penumbra en la que nos había recibido la maga, asomó un delgado y elegante caballero de edad avanzada, enteramente vestido de negro, que nos dijo, con voz grave:

—Al rechazar el ritual, despreciaste de forma temeraria el antiguo pacto de restauración. Ahora solo te queda el camino de la mano izquierda, es decir, el mío. Yo te enseñaré la canción del diablo. A quienquiera que se la cantes, lo convertirás en tu esclavo amoroso para siempre. Pero antes, tendrás que peregrinar por el mundo conmigo durante un tiempo.

Pablo, que temblaba, pese a sus esfuerzos por mostrar su entereza, preguntó:

—antes que nada, ¿Quién es usted? ¿De dónde sale? Su compinche debió advertirnos de su presencia, antes de que le planteara cuestiones de mi vida privada.

—Mi nombre es Lucifer. Soy quien fue maldito de Dios por despertar al hombre de su sueño antes de tiempo.

Pablo retrocedió aterrorizado, mientras que yo trataba de arrastrarlo fuera de allí, a la vez que gritaba:

— ¡No son más que un par de farsantes!

Y añadí, dirigiéndome al autoproclamado Lucifer:

—Dígame ¿Por qué resulta que vuestras artes mágicas proceden de los países más subdesarrollados del mundo? Si son tan poderosas y eficaces, ¿Por qué tanta ignorancia, miseria y mortandad?

— ¡No les creas Pablo! ¡Vayámonos enseguida de aquí!

Pero mi clamor fue en vano: volvía a tener ante mí a un Pablo totalmente abducido por un novedoso espejismo, por otra réplica de la felicidad.

Reconozco que, entre el miedo y la rabieta, lo único que fui capaz de hacer en ese momento fue salir de allí a toda prisa, dejando atrás a todo el mundo, incluyendo al inepto de mi novio. Después de este episodio, no volví a ver a Pablo hasta muchos años más tarde.

El abrazo infinito

II

Me tropecé con Pablo en la calle, después de alrededor de treinta años sin verlo y sin tener noticias de él. El pueblo, que actualmente ya es una ciudad, sigue siendo lo suficientemente pequeño como para que se den encuentros como el que acabo de mencionar. Ambos hemos cambiado mucho, pero, aun así, nos reconocimos al instante.

— ¡Pablo! ¿Dónde estabas metido?

Fue lo único que pude decir en ese momento, como embobada.

—Hola Tere, ¡qué alegría verte! Estoy aquí desde anteayer.

—Y, ¿Qué fue de tu vida?

—Mejor quedamos y te cuento todo.

Respondió con una mirada afectuosa. La tristeza se había instalado definitivamente en sus ojos, y daba la impresión de que hacía mucho tiempo que le costaba sonreír.

Quedamos en un bar, el día siguiente al del encuentro. Tuve que explicarle a mi marido quien era Pablo, con abundancia de detalles, para que entendiera que para mí actualmente no era ni un amante, ni tampoco un amigo cualquiera. Mi marido, satisfecho con mis explicaciones se quedó cuidando a los niños toda la tarde.

En una mesa de la cafetería, Pablo ya me esperaba, con aire relajado y tranquilo.

Sin perder tiempo le rogué que me contara lo que le había ocurrido después de esa visita a la pitonisa, hacía ya unas tres décadas.

Me dijo que el tal Lucifer y él se embarcaron en un pequeño buque comercial que se dirigía a Casablanca. En cuanto desembarcaron, se reunieron con unos tipos que Lucifer aseguraba que eran sus socios, un grupo de magrebíes con los que se entendía en francés. Pronto comprendió que había caído en una trampa: ni él era Lucifer, ni los árabes eran sus socios. Cuando vio que al falso demonio le extendían un grueso fajo de billetes, y que este, embolsándoselo, se marchaba sin siquiera mirarle a la cara, lo entendió. Lo había vendido a esos tipos de aspecto siniestro y maligno, que encadenándolo, lo condujeron a un camión que salió de Casablanca esa misma tarde.

Después de un mes, tras vivir como una rata en medio de la basura que se amontonaba en el remolque del vehículo, desnutrido y debilitado, habiendo estado maniatado la mayor parte del tiempo, llegó a Burundi, país donde empezó su penosa vida de trabajos forzados: un calvario de enfermedades, palizas, hambrunas, suciedad y todo tipo de horrores.

Ni tan siquiera imaginaba que en muchos países aún existía la esclavitud, y mucho menos que él mismo iba a acabar siendo un esclavo más.

—Pero en medio de esa pesadilla, algo hermoso germinó en mi mente...

Dijo Pablo, sonriendo de pronto.

—Un día me di cuenta de que, si había llegado a sufrir aquella mísera vida de esclavo, era por mi afán de esclavizar a mi vez a otros con una canción o con lo que fuera que los hiciese caer rendidos a mis pies, y así lograr que me amaran sin límites incluso contra su voluntad.

A partir del momento en que ese rayo de luz cruzara mi mente, iluminándola por completo, mi vida cambió: me preguntaba lleno de asombro como podía haber deseado que alguien me amara siendo víctima de un hechizo, que iba en contra incluso de sus anhelos más íntimos. ¿Cómo podía satisfacer a nadie un amor así, que no era amor, sino una cadena, algo degradante, inhumano?

Con el andar del tiempo, Pablo se dio cuenta de que ya no deseaba deslumbrar a nadie con el fin de poseerlo, de hacerlo suyo para siempre… Cómo un reptil que hace la muda dejando atrás su antiguo pellejo, o cómo alguien que se quita un traje sucio y raído que nunca volvería a ponerse por nada al mundo, Pablo empezó su nueva vida.

Algunos años después un francés lo vio, lo compró sin regateos, y poco después, lo dejó libre. Nunca supo el por qué. Le pagó un billete de avión para Canarias, y lo acompañó al aeropuerto. Cómo única despedida, él y el francés, se miraron a los ojos y se sonrieron como hombres libres.

Se hacía tarde. Le recordé a Pablo que mi marido estaba en casa con los niños, y que debía irme. Me preguntó por mi vida, por mis hijos. Me dio un largo y tierno abrazo; un abrazo en el que no sentí que hubiese traza alguna de posesividad. Me acompañó hasta el portal de mi casa, y, mirándome a los ojos con dulzura, me dijo adiós.

El SÍNDROME DE LA MAGDALENA

—Siempre habrá un lugar para ti en mi corazón.

Pensó Manuel, al recordarla.

Hacía años que no la veía, que no sabía nada de ella, y era plenamente consciente de estar hablando con un espectro que habitaba en el castillo en ruinas de su imaginación. Con el paso del tiempo, se tornó cada vez más frecuente que el recuerdo de ella cruzara el umbral de su conciencia, iluminándolo todo, al pasar, con su radiante sonrisa. Esa misma sonrisa que un día lejano lo enamoró.

— ¿Dónde te encontrarás ahora? ¿Habrás regresado a Venezuela?

La había buscado en las redes sociales sin éxito, y teniendo en cuenta hasta qué punto sus creencias eran radicales, pensó que seguramente no querría entrar ni en broma en aquella feria de las vanidades. Es más, probablemente estaría convencida de que toda la red de internet había sido urdida por Satanás.

Magdalena era, en efecto, al menos en los tiempos en que fue su pareja, una ferviente cristiana evangélica, con todo el fundamentalismo que eso puede implicar.

Manuel recordó que ella siempre se había negado a escuchar cualquier otra música que no fuera la que componían e interpretaban sus correligionarios. Toda otra clase de música era considerada mundana y por lo tanto, del diablo, cosa que a Manuel, que era un gran amante del jazz, le resultaba dolorosa e incomprensible.

Él, que desde muchos años atrás era agnóstico, la conoció por casualidad en un bus, y quedó enseguida fascinado por la frescura de su voz, y la alegría de su mirada. Tenía además, por qué no decirlo, un cuerpazo que le causó tal impacto, que supo de inmediato no tener otra opción que tratar de volver a verla.

Manuel tenía entonces cuarenta y tres años, y ella cuarenta. No era alta, pero su cuerpo menudo era un milagroso equilibrio de sinuosas prominencias que saltaban a la vista (o mejor dicho, la asaltaban), a pesar de que ese día vistiera de forma discreta y funcional, pues como ella misma le dijo a Manuel, venía de trabajar.

Cuando al fin le llegó el momento de bajar del transporte público, Manuel se arriesgó a pedirle su número de teléfono, cosa que ella hizo sin dudar, pues parecía que también había quedado encantada de conocerlo.

Pocos días después la llamó. Ella no parecía la misma persona con la que había hablado en el bus: le respondió con voz tenue, distante, limitándose a contestar de un modo lapidario a sus preguntas, pero aun así, quedaron aquel mismo día por la tarde, en una cafetería de la plazoleta de Farray.

Él concluyó que aquel extraño tono de voz era justificado: una mujer latina, de cuarenta años, que aceptaba la invitación de un desconocido que había visto por primera vez hacía pocos días en el bus, podía ser juzgada por muchos como una presa fácil, o peor aún, como una oportunista cazamaridos. Seguramente, además, no contaba con que él la llamaría, y estaba sorprendida. ¿O será que tal vez la llamaría en un momento inadecuado? Todas esas preguntas se arremolinaban en la mente de Manuel.

II

Lo sorprendió el hecho de que, junto a la mesita del bar, lo esperaba una mujer totalmente diferente a la que había conocido en el bus y a aquella con la que había hablado por teléfono: esta vez iba muy maquillada, las uñas de un rojo muy intenso, el cabello teñido de rubio peinado hacia atrás, un exiguo traje que a duras penas lograba contener unos pechos desbordantes, y una falda muy corta y ceñida en la que se perfilaba la silueta de unas nalgas que parecían pugnar por desgarrarla.

Había estudiado lengua y literatura españolas en una universidad de Caracas, y al no haber podido homologar en España los estudios realizados, oficialmente no se le reconocía ninguna formación. Es decir, que tenía las mismas posibilidades de conseguir un empleo que una analfabeta.

Le indignaron las exigencias de sus empleadores para con ella; le contó que trabajaba limpiando y cocinando en la casa de una familia humilde que había prosperado recientemente, y que, seguramente quería saborear al máximo su flamante ascenso a la clase media.

Así, la señora le exigía a Magdalena que fregara el piso de rodillas, trapo en mano, prohibiéndole terminantemente el uso de la fregona. En sus cabezotas de nuevos ricos, - sin otra formación que la de las telenovelas y los *reality shows* -, a falta de librea, concibieron la brillante idea de obligarla a llevar una especie de jubón blanco de cocinera, para servir la comida en bandeja de plata a todos los comensales, a los que tenía que tratar de usted, niños incluidos.

Manuel, por un momento, sintió vergüenza de su gente, y la justificaba diciendo que en todas partes hay malas personas que intentan aprovecharse de los pobres pisoteándolos y pagándoles un sueldo miserable por dejarse la vida y la dignidad a su servicio. Eso les hace sentir que han alcanzado su máximo objetivo: el de saborear las mieles del poder y de la grandeza.

—Cuanto más obtusa es una persona, más mediocres son sus metas en la vida. No es una simple cuestión de nacionalidades.

Pensó Manuel en voz alta, a lo que ella asintió sin demora, añadiendo, con su acento meloso:

—Así es, pues, pero gloria a Dios. Mi diosito sabe muy bien lo que hace, y las pruebas que le pone a cada uno.

La conversación, que hasta ese instante había sido amena y fluida, empezó a tomar un rumbo más escabroso.

Manuel ya había oído esa expresión, - mi diosito -, y la detestaba: le parecía que las personas que la utilizan solo pretenden dar a entender a los demás que al ser ellos tan, tan buenos, se codean con dios con tanta familiaridad como la que puedan tener con su caniche, el abuelete que se hospeda en su casa, o el lechero. Pero con Magdalena le sucedió algo distinto: su simpatía, su alegre presencia, amén de sus curvas, convertían en algo encantador el hecho de que llamara a Dios "mi diosito", Yahvé, Mysterium Magnum, el Altísimo, Snoopy, o cómo a ella más se le viniera en gana.

Lo que sí lo alertó de forma inmediata fue la profesión de fe que incluía aquella última frase, que le pareció un golpe de efecto premeditado. Sintió que de esa manera ella quería desviar el rumbo de la conversación hacia otros derroteros más acordes con su proselitismo.

De hecho, la pregunta que Manuel le formuló a continuación era casi inevitable:

— ¿Eres muy creyente?
—Pues si —respondió poniéndose, de pronto, extremadamente seria.

—Solo el amor de Dios me ha mantenido viva hasta ahora.

—Bueno —dijo el, —yo soy agnóstico, y espero que eso no te importe. No me supone ningún problema el que tengas tus creencias, con tal de que no trates de imponérmelas a mí.

A Magdalena se le iluminó el rostro. Lo miró fijamente a los ojos, y dijo algo que en ese momento era lo que él menos esperaba oír:

—Todavía eres un niño de pecho en la fe, pero yo te ayudaré a ser un hombre nuevo.

—Magdalena —le dijo él con una sonrisa algo tensa.

—Nos conocimos hace apenas unos días, y sin embargo, tengo una enorme confianza en ti, y, si tú lo quieres, podemos ser amigos, e incluso algo más, pero con la única condición de que me respetes: no soy un niño de pecho ni quiero serlo, ni tampoco quisiera ser de ningún modo como uno de esos predicadores televisivos, encorbatados y repeinados, que hablan y actúan como si te fueran a vender la felicidad a plazos.

Magdalena era tenaz en sus convicciones. Ella "sabía" que Manuel se iba a convertir en el hombre nuevo del que habla san Pablo en sus epístolas, a pesar de que él le asegurase una y otra vez que no iba a ser así.

—Te lo había dicho con toda claridad, Magdalena, pero no me creíste. Pensaste que era un diamante en bruto, un *Ecce Homo* que, bajo tus cuidados, se convertiría en el Resucitado. Mi pobre Magdalena.

Continuó, hablándole al espectro que merodeaba por las ruinas de su mente.

III

Después de aproximadamente un mes de haber tenido lugar ese encuentro, ya vivían juntos. Ella, desde mucho tiempo antes, compartía piso con otras dos personas, - un distinguido señor colombiano, y un anciano árabe que cuando llegaba casi siempre se iba directamente a su cuarto, - ambos solventes y puntuales en sus pagos. Manuel alquiló la cuarta habitación, de la que había sido desahuciado días atrás un estudiante que no cumplía las normas de convivencia impuestas por Magdalena. Ella, aun no siendo la dueña del piso, actuaba como encargada e incluso cobraba los alquileres haciendo las veces de los propietarios.

Cuando Manuel se mudó al piso, aun no conocía muy bien el alcance del fanatismo de

Magdalena. El muy iluso pensó que ella iba a trasladarse a su cuarto con toda su ropa y demás enseres personales, pero no fue así: permaneció en su habitación, aunque con frecuencia realizaban mutuas visitas nocturnas, que se prolongaban hasta la madrugada.

La razón era sencilla:

—Señor: yo lo amo a usted con todo mi corazón, pero hasta que no nos casemos, hacer vida de esposos sería ir en contra de las leyes de mi dios.

Solía decirle ella, con una sonrisa que irradiaba bondad. Y una cosa era cierta, de eso a él no le cabía ninguna duda: ella era realmente buena, lo amaba y deseaba estar a su lado por el resto de su vida.

Solo, en su cuarto, Manuel recordó el parecido que encontraba entre el Doctor Jekyll, protagonista del archiconocido relato de Stevenson, y ella. El primero sufría terribles transformaciones, en las que pasaba de ser un serio y reservado académico, a convertirse en un individuo sin escrúpulos, que actuaba como un verdadero psicópata asesino, cuyo nombre era Mr. Hide.

Así, pues, cuando la identidad de Jekyll tomaba las riendas, Magdalena era una fundamentalista cristiana, y cuando era eclipsada por la de Hide, se convertía en una mujer de un erotismo a flor de piel que amaba los placeres del sexo por encima de lo mundano y lo divino.

La convivencia entre ellos se desenvolvió durante meses, ante los ojos atónitos del colombiano y del árabe, repitiendo una y otra vez el mismo patrón de conducta:

Manuel y Magdalena pasaban unos días sin acercarse el uno al otro, ella totalmente absorbida por su iglesia, y el por sus lecturas y su música. Durante esa etapa Manuel conversaba mucho con el colombiano, y cuando este se dejaba caer, también con el árabe.

De pronto una noche, la menos pensada, ella entraba en la alcoba de Manuel (o Manuel en la de ella), se metía en su cama, y entonces, para ambos, aquel modesto lugar se convertía en la antesala del paraíso. Ninguno de los dos había alcanzado antes de conocerse unas cotas tan altas de goce y de pasión.

Pero al día siguiente siempre ocurría algo que lo desconcertaba: tras una noche de sexo sin cuartel, ella actuaba como una pecadora totalmente arrepentida y avergonzada. Ayunaba durante varios días, hacía vigilias nocturnas, rezaba a todas horas, vestía de forma muy recatada, no se maquillaba y redoblaba las distancias con Manuel. Una vez terminado este ciclo, todo volvía a empezar de nuevo al cabo de unos días.

Él la quería. Él, que era un solitario, triste, deprimido *Ecce Homo*, zarandeado por la vida, él sí que podía comprender su dolor. Manuel pensaba que cuando una persona actuaba del modo que ella lo hacía, debía forzosamente ser a causa de una experiencia muy dolorosa que había vivido en el pasado.

— ¿No crees que tu compañera puede estar sufriendo lo que yo llamo Síndrome de la Magdalena?

Le dijo Beatriz, una amiga psicóloga con la que salía de vez en cuando a cenar, o de copas.

—Y ¿En qué consistiría ese síndrome?

—Verás, en los cuatro evangelios, después de la Virgen María, la mujer de la que más se hace mención es María Magdalena. Eso ha dado lugar a muchas conjeturas carentes de fundamento acerca de la misma, como la de que era la esposa de Jesús, por ejemplo. Pero lo que si se desprende claramente de los textos del Nuevo Testamento, es que había, por parte de ella, más preocupación, cuidados y atenciones con respecto a él, de los que se podían esperar de una simple seguidora.

—Así que, a lo que yo llamo Síndrome de la Magdalena, —continuó Beatriz, —es a ese empeño obsesivo de algunas mujeres por salvar a un *Ecce Homo*, es decir, a un hombre que ha caído en un estado lamentable de degradación, que ha tocado fondo, -económicamente, afectivamente, por motivos relacionados con la droga, psiquiátricos, o de otra índole,- con la absoluta convicción de que él esconde un potencial de pureza y de virtud que solo ella es capaz de ver, y que, en muchos casos, es del todo inexistente.

—Muy interesante —convino Manuel, y con un gesto, la invitó a continuar.

Ella le dijo entonces que la mujer que sufre el Síndrome de la Magdalena, carga con un profundo conflicto interno, relacionado con una experiencia traumática que viviera con su padre, su hermano, o cualquier otra persona allegada de sexo masculino, que la haya hecho sentirse sucia, degradada, indigna.

Su afán por recuperar la pureza perdida pasaría por redimir al ser malvado y despreciable que la hundió, pues ella, aunque sea una falacia, tiende a culparse a sí misma de haberlo inducido al mal.

Al igual que en el síndrome maníaco- depresivo, también llamado bipolaridad, en este también habría dos fases:

En la primera, correspondiente a la manía, la paciente se esfuerza al máximo en redimirse, tratando de salvar a un hombre al que identifica con el causante de su trauma, mientras que en la fase depresiva, tiende a reproducir con él los episodios traumáticos que originaron su conflicto.

—Jekyll y Hide.

Apuntó Manuel.

—Sí, algo así —respondió Beatriz.

—Y tú sales bastante mal parado en todo esto: eres el Cristo lacerado, roto, que Pilatos presentó ante el populacho sediento de sangre. Manuel, tú que has estado viniendo durante largo tiempo a mi consulta, lo sabes muy bien: tus depresiones, la ansiedad que te produce el contacto social, tu angustia existencial… Pilatos se lavó las manos contigo y con tu sufrimiento, pero Magdalena vio en ti al perfecto *Ecce Homo*, al diamante en bruto que ella se encargaría de tallar y de pulir.

Beatriz tenía razón: Manuel era un castillo en ruinas, plagado de fantasmas, un personaje completamente solo y confuso, caminando a ciegas por una vida que no entendía y que lo llenaba de horror. Y si de algo estaba convencido, era que Magdalena nunca saldría de su círculo vicioso junto a alguien como él.

En una de sus últimas conversaciones al amanecer, en la alcoba de Manuel, tras una noche de lujuria sin límites, Magdalena le contó lo que él ya sospechaba: su padre, en Caracas, la había estado violando casi a diario desde que tenía ocho años. Ella le tenía asco y odio, y al mismo tiempo sentía una suerte de enamoramiento hacia él, unido a una profunda compasión. Muy pronto comenzó a culparse de todo: sus atributos sexuales, que ya se definían de forma exagerada y embarazosa en su cuerpo de niña, eran, a su parecer, los únicos culpables de que su padre, que solo deseaba ser cariñoso con ella, cayera en pecado.

Manuel la dejó poco tiempo después, argumentando que las creencias de ella y su agnosticismo eran irreconciliables, y se fue a vivir solo. Un amigo común le dijo que ella pasó por un infierno durante un tiempo después de su partida.

Meses más tarde se encontraron por la calle. Aún la quería, y adoraba la sensualidad que derrochaba por cada poro de su piel. La invitó a tomar un café en una terraza cerca de la calle Triana. Mientras ella hablaba, él deseaba comerla a besos, volver a ser el único niño de pecho en el paraíso de su alcoba. Ella lo sabía, y el hecho de saberlo la hacía aún más bella. El sol y la brisa primaveral hacían que el día fuera perfecto para el reencuentro de dos amantes. Si ella solo hubiese dejado atrás su fanatismo… si al menos hubiese cambiado lo suficiente como para que valiese la pena volver a intentarlo…

Magdalena lo sacó bruscamente de sus pensamientos al hablarle de su nuevo amante: se llamaba Juan Antonio, un alcohólico empedernido que desde que la conoció, hizo votos solemnes de dejar la bebida. Para ello había ingresado a un centro de rehabilitación evangélico, donde el trabajo, la oración y el confinamiento voluntario, tendrían como objetivo la total desintoxicación. Pero resulta que Juan Antonio hacía una semana se había escapado del centro para regresar unas horas más tarde a la casa que compartía con Magdalena tambaleándose, presa de una soberana borrachera. Aun así, ella había decidido darle una nueva oportunidad, a condición de que se comprometiera a volver cuanto antes al centro de desintoxicación.

—Sabes, —añadió ella haciéndole un guiño casi imperceptible, antes de marcharse, tal vez para siempre:

—En la cama, él jamás podrá compararse a ti...

Sus ojos y los de ella se encontraron, y en ese encuentro sus miradas se fusionaron ardientemente, con la pasión del último adiós.

—Mi pobre, mi querida Magdalena, cuanto desearía volver a verte y a abrazarte, aunque solo fuera una vez más, antes de morir…

SOLA

Dedicado a Suso

Estaban a punto de aterrizar en el aeropuerto de Fuerteventura. El ambiente entre los pasajeros del avión era festivo y bullicioso: la de Pepe, más que ninguna otra,   era una familia que desbordaba alegría y vitalidad, él el primero, aunque su aspecto de hombretón barbudo, de entrada, solía dar la impresión opuesta. Si hay una palabra que puede definir de un modo general, pero con bastante acierto a todos los miembros de esa familia, -su esposa Cintia, sus hijos Ayoze y Laura, y el mismo Pepe,- esa palabra es extroversión.

Al no haber ni mucho viento, ni tampoco nubes (por el contrario, era un día de playa perfecto), el júbilo se podía palpar en aquel aterrizaje fácil y sin sobresaltos.

Antes de que la azafata diera al pasaje la autorización de desabrocharse los cinturones, Ayoze, el hermano pequeño de Laura, ya estaba tomando posición de salida con una sola idea en su mente: ir corriendo a la playa de arena blanca de Costa Calma.

Desde la misma pista de aterrizaje se apreciaba con claridad el azul del océano. Les esperaba una semana entera de diversión sin preocupaciones y sin tener que pensar en otra cosa que pasear y descansar a pleno sol en el hotel en que Pepe y Cintia habían reservado un apartamento con todo incluido (pensión completa más bebidas, aperitivos, etc.).

En cuanto llegaron al aeropuerto fueron a retirar la furgoneta que habían reservado previamente a un *Rent a Car* desde Las Palmas, y sin más, entre risas y bromas, comenzaron su viaje hacia Costa Calma, que dista unos 64 kilómetros al sur del aeropuerto en carretera, lo que en coche supondría alrededor de una hora de viaje. Sus vacaciones marchaban a la perfección, sol, mar, buen clima, y sobre todo una reserva en un hotel de cinco estrellas donde todo iba a estar a pedir de boca.

Cuanto más el istmo se iba estrechando hacia el extremo sur de la isla, -la península de Jandía, - más se emblanquecía la arena de las inmensas playas que se podían contemplar desde las ventanillas del vehículo. Y allí, muy cerca de dunas color perla y nácar tornasolado, entre un mar de un azul claro y profundo, y la deslumbrante bóveda celeste, se encontraba el lujoso hotel.

El abrazo infinito

II

Todo iba según lo planeado, o mejor, si cabe. Las comodidades del hotel, sus espectaculares piscinas, sus áreas de entretenimiento, eventos varios, bailes, fiestas, etc. que se anunciaban en el programa, hacían que le diera a uno pereza salir de allí.

Tras una ducha y un primer baño en la piscina más próxima, se fueron a almorzar. El ambiente era despreocupado e indolente, como el de todo lugar de veraneo; sin prisas y libres del mandato del tiempo, degustaban el delicioso menú. Les aguardaba una semana llena de sorpresas, a cual más agradable.

En las mesas del restaurante los grupos de amigos y familias conversaban y reían en voz muy alta, y entre todos ellos, destacaba una joven huésped del hotel, que estaba sentada a una mesa individual, comiendo sola. En primer lugar, destacaba por su singular belleza y luego, por el gran contraste que existía entre el entorno tumultuoso y bullanguero y su callada y solitaria presencia. Cintia le dijo a Pepe al oído:

— ¿Es muy guapa, verdad? —Haciéndole un guiño.

—Y tan solita que está… —dijo él, siguiéndole el juego.

— ¡Te cojo y te reviento! —le susurró ella, simulando un grito contenido.

El día siguiente, a la hora del desayuno, la chica, que tenía el aspecto de ser escandinava o tal vez eslava, volvía a estar allí, sentada a la misma mesa individual del día anterior, completamente sola.

Un grupo de jóvenes la observaba con insistencia por lo atractiva que resultaba vestida con ropa fresca y ligera de verano, pero la mayor parte de los allí presentes estaban demasiado volcados en sus expectativas de pasar un día fantástico como para fijarse en la solitaria belleza que tenían a su lado.

Hacía mucho calor. Como era el primer día, y los chiquillos querían quedarse a jugar en la piscina, - en el programa se anunciaban varios juegos, y un concurso de baile infantil - decidieron quedarse tumbados perezosamente en sus hamacas, y solo levantarse para buscar una cerveza helada, o para entrar en el agua.

Fue en una de aquellas ocasiones en que Pepe se tropezó con la desconocida. Regresaba del baño de caballeros, y se dirigía al bar para pedir un Martini blanco con aceitunas, cuando, justo al borde de la piscina, la chica, que llevaba un rato dudando si meterse en el agua o no, perdió el equilibrio. Pepe, que pasaba por ahí en ese instante, la agarró con una mano salvándola de una posible fractura, pues iba a caer hacia adentro, sobre el enlosado, y no en el agua. Mientras la sujetaba, ella emitió un sonoro ¡Ay! Y, durante un segundo, Pepe sintió sus grandes senos que al oscilar le rozaron suavemente el brazo. Unos senos que así, en bañador, se mostraban mucho más turgentes y voluptuosos que con ropa.

—Fue solo un pequeño esguince —dijo el enfermero del establecimiento, mientras le cerraba el vendaje —afortunadamente. Pero podría haber sido una fractura o algo peor. Dele gracias a su amigo de que no le pasara nada grave.

Ella, que hablaba correctamente español, pero con acento extranjero, tras agradecer con cierta timidez al enfermero los cuidados recibidos, se dirigió a Pepe para darle las gracias:

—Me llamo Magany, vengo de Bulgaria, y de verdad, de verdad, le estoy muy agradecida. ¡Muchísimas gracias! Es usted mi salvador.

Pepe, confundido por tanta gratitud, trató de ser gracioso, en un intento de salir del embarazo:

—Pepe, me llamo Pepe, pero para usted me llamo *Salva*.

Ella lo miró perpleja: no parecía haber comprendido el chascarrillo, así que él le aclaró:

—Salva, que es diminutivo de Salvador... me puedes tutear.

Lo que ocurrió a continuación fue un verdadero espectáculo: esa muchacha tímida que, al igual que Marilyn Monroe, hablaba con una candidez propia de una niña de parvulario, de pronto se transfiguró y rio con una carcajada que a él le sonó extrañamente siniestra, perversa. De hecho, en cuanto ella se dio cuenta del cambio de expresión que había tenido lugar en el rostro de su interlocutor, dejó de reír de inmediato, retornando a su actitud apocada e introvertida.

—Me gustaría invitarte, a ti y a tu familia, a cenar o a almorzar, Salva —concluyó Magany, con una amplia sonrisa.

El abrazo infinito

III

—Lo extraño es que se fuera a caer justo cuando pasabas tu... ¿no será que la dejó el novio y ahora está buscando guerra?

Dijo Cintia, medio en serio medio en broma.

—Pues no sabe con quién se mete —dijo él, con aires de hombre serio y responsable.

—Más te vale.

Le espetó ella. Cintia era capaz de abordar los asuntos más peliagudos con una mordacidad que, sin embargo, incluso para él a menudo era difícil de distinguir de la pura y simple guasa.

Tras una mañana de conducción por las largas y monótonas carreteras del interior de Fuerteventura, entre paisajes muy parecidos a los fotografiados por la sonda *Perseverance* en el planeta Marte, haciendo pausas de cuando en cuando en los pueblos del interior, donde reina un atronador silencio, o para admirar de cerca la montaña de Tindaya, la familia feliz regresó al hotel hambrienta y sedienta de bebidas y de esparcimiento.

Durante el almuerzo ella estaba de nuevo allí, en la mesa individual de la esquina, sola, vestida con una camisa de colores suaves que caía suelta sobre un pantalón vaquero corto. La camisa, desabotonada dejaba ver con más claridad su abultado pecho; sus largas y esculturales piernas reposaban sobre unos zapatos de tacón de un elegante amarillo pastel. Toda la ropa que llevaba parecía muy costosa. Esa era su carta de presentación: las marcas, lo caro, lo exclusivo y lo selecto. Su imagen sugería que fuera una empresaria, o una profesional de alto nivel. Sus gafas de sol, su reloj de pulsera, su teléfono móvil, todo era de diseño y de última generación, y sin embargo… ¡Qué sola se la veía siempre!

Los saludó con una discreta señal de la mano y tras una fugaz sonrisa, inclinando la cabeza, continuó con su almuerzo.

Cintia y Pepe se miraron sin proferir palabra, y Laura hizo el siguiente comentario:

—Siempre está sola, la pobre. Si ahora somos amigos ¿por qué no viene a comer con nosotros?

Cintia era así de impulsiva: de pronto se levantó y se dirigió sin titubeos a la mesa que ocupaba Magany. De lejos, Pepe y los niños vieron que hacía el gesto de invitarla a irse con ellos. Ambas sonrieron y Cintia insistió, hasta que Magany se levantó y entre las dos se llevaron de la mesa individual, platos, cubiertos y demás.

Ayoze, que en su inocencia simpatizaba mucho con la eslava, empezó a contarle con todo lujo de detalles la excursión que habían hecho esa mañana por el interior de la isla, pinchazo de rueda incluido, (nada que su súper papá no pudiera solucionar en un abrir y cerrar de ojos). Conforme se iba entusiasmando en su discurso, a ella le iba costando cada vez más contener la risa, porque el chiquillo dramatizaba tanto su relato, gesticulaba de forma tan seria e histriónica al hablar, que, a ella, más que otra cosa, parecía inspirarle ternura.

Pepe, observándola, enfatizó en su mente ese matiz: parecía... si, parecía, pero detrás de la mera apariencia, ¿qué escondía en realidad? ¿y si en su fuero interno se estuviese burlando cruelmente del niño? Recordó aquella breve carcajada, que le había sonado tan extraña... y cómo Magany cambió inmediatamente de actitud en cuanto advirtió su desconcierto.

Me estoy volviendo paranoico, se dijo, zanjando el asunto rápidamente. El almuerzo transcurrió entre los chistes y las risotadas de la familia, que se mezclaron a la risa tímida y contenida de Magany.

IV

El siguiente fue un día de pleno relax, de no salir de las instalaciones del Hotel: hidroterapia, masajes, piscina, juegos, etc. Y al atardecer salieron a dar un paseo por la playa de Costa Calma. Ya desde la mañana, en el desayuno, Magany les pidió con mucha discreción permiso para sentarse con ellos, a lo que Pepe le contestó:

—No tienes que pedir permiso: vienes aquí, te sientas y ya está. Ayoze te ha adoptado, así que eres una más de la familia.

Al hombretón le era imposible no soltar alguna humorada como esa cada poco, lo cual hacía que cayese bien, y que los demás se sintieran cómodos en su compañía.

Magany se sintió tan acogida que no dejó de acompañarlos en todo el resto del día: puso su hamaca junto a la de Cintia, participó en varias actividades, almorzó y cenó con ellos. Magany era una de aquellas personas que se interesan mucho por la vida de los demás, pero que de la suya casi nunca sueltan prenda. Apenas alcanzaron a saber de ella que era actriz en su país, pero cómo aquí no llega el cine búlgaro, y si llega es solo para disfrute de una selecta minoría de cinéfilos, ni se les ocurrió preguntarle en qué películas había trabajado.

Además de que nunca habían sido muy entusiastas del séptimo arte, a partir de cierta edad los niños empezaron a ser los que decidían qué película se iba a ver: si no era *El Rey León*, tenía que ser *Pocahontas*, y si no *Shrek, Toy Story*, etc. pero para ellos el verdadero espectáculo, el que no se querían perder por nada al mundo, era el de sus hijos boquiabiertos, sobrecogidos por la maravilla y el asombro. Eso, para Cintia y Pepe, no tenía precio.

Fue pensando en eso que, el día siguiente, mientras estaban en un restaurante donde Magany los había invitado a almorzar, en El Cotillo, una bellísima playa del norte de la isla, Cintia dejó caer esta pregunta:

—Y niños, ¿Tienes niños, Magany? Hijos, hijos tuyos, me refiero…

La elegante búlgara pasó de una actitud defensiva a una sonrisa claramente estudiada. Luego respondió en un tono seco:

—Que yo sepa uno, pero hace años que no lo veo. No hay una buena relación.

Cintia pudo contener a duras penas su expresión de asombro, y decidió no seguir por ese camino.

—Disculpa —dijo, —veo que me he metido en un terreno resbaladizo.

Magany pareció sentirse reconfortada por la discreción de su amiga, y cambió enseguida de tercio.

—¡Hace tanto calor!

Dijo, y comenzó a hablar de asuntos triviales: que si el clima, los mundiales de fútbol, las joyas, los envíos de Amazon, que si el perfil de una amiga suya en Facebook, lleno de fotos retocadas... hablaba y hablaba como para echar tierra sobre algo que no quería que saliese a la luz delante de ellos.

Cintia y Pepe, aunque muy a su pesar, entraron en el juego, pero en su fuero interno se preguntaban qué amistad podía sostenerse mucho tiempo basándose en la ocultación, en la mentira, en la falta absoluta de transparencia...

De hecho, mientras ella seguía hablando sin parar, dejaron paulatinamente de asentir a sus palabras, e incluso de escucharlas, y solo la miraban, asombrados.

Llegó un momento en que Ayoze, sin decir nada, se levantó y se fue. Lo siguió, al poco rato, su hermana. Pepe se disculpó y con el pretexto de no dejar solos a los niños, también se marchó.

Cintia, la siguió escuchando un buen rato, hasta que la interrumpió:

—Mira Magany, mi familia no soporta los subterfugios, ni las evasivas. Si no querías hablar de tu hijo, nadie te obligó a hacerlo. Pero este *blablablá* tuyo suena tan falso, que apesta. Discúlpame, pero yo también me voy.

El regreso en la furgoneta fue largo y pesado. El crepúsculo hacía que los paisajes de Fuerteventura adquirieran de pronto una luz mística. Aquellos macizos y pedregales desérticos habrían sido el lugar ideal para un eremita.

En el habitáculo del coche, el silencio era abismal, y solo era roto a veces por un empujón de Laura a Ayoze, o de alguna imprecación de este para con ella.

En la cena, la hermosa muchacha eslava no apareció, y la familia fue poco a poco recuperando su buen humor ante las delicias que les brindaba el buffet. Más tarde, cuando cansados, al haber recorrido la isla de norte a sur, ya se retiraban para dormir, vieron a la chica de lejos, aunque no se dio ni cuenta de que pasaban a pocos metros de ella. Una vez más, estaba sola, sentada junto a la barra, frente a un cocktail que tenía el aspecto de ser un vodka con naranja, con la mirada puesta en el vacío.

Todos estaban demasiado cansados para plantearse siquiera un mínimo acercamiento, y más bien prefirieron seguir de largo, y así lo hicieron.

La mañana siguiente, en el desayuno, la muchacha apareció para irse a sentar directamente a su mesa individual, sin mirarlos siquiera. Había creado una barrera infranqueable, una distancia destinada, pensó Pepe, a que ningún entrometido viniese a cuestionarle todo aquello que ella no tenía la menor intención de afrontar.

—Con el trabajo que le costará auto engañarse diariamente, debe ser muy molesto que unas personas del montón como nosotros vengan a señalarle que su vida es una farsa total y absoluta.

Se dijo Pepe. Al mismo tiempo sentía lástima por ella, y habría deseado poder ayudarla, pero no sabía ni por dónde empezar, sentimiento que compartía con Cintia.

El último día de estancia en el Hotel, a primera hora de la mañana, la familia estaba ultimando sus preparativos para regresar a Las Palmas. Un botones les trajo un precioso ramo de flores en un vaso de cristal que aún conservan en el comedor de casa. En el ramo alguien había colocado un pequeño sobre ornado con motivos florales. Cintia lo abrió. Era de puño y letra de Magany. Decía así:

—*A los mejores amigos que he tenido nunca. Gracias, de todo corazón. Magany*

Durante el viaje de regreso, Pepe pensaba en aquella pobre mujer. Todos nos protegemos de nuestros enemigos, pero hay personas que huyen de sus amigos con un ahínco aún mayor.

Porque saben que estos les van a decir la verdad, y la verdad es demasiado dolorosa para ellos.

Cuando Pepe se puso a mirar el inmenso número de mensajes atrasados que tenía en sus grupos de WhatsApp, sintió el impulso de borrarlo todo de inmediato. Durante esa semana de descanso apenas había entrado en la aplicación para contactar con las personas más allegadas, ignorando por completo a todos esos grupos. Del grupo de moteros, por ejemplo, estuvo a punto de salirse en más de una ocasión, por los videos porno que un par de miembros les brindaban de desayuno, almuerzo y cena, a todos los demás, ignorando las advertencias de los pacientes administradores.

Aunque Pepe rara vez fuese auto indulgente en esas cuestiones, ese día, ya puesto a curiosear, se dedicó a descargar todos los videos atrasados del grupo, y a verlos.

Eran videos cortos, de unos cinco minutos de duración como máximo, y de un porno, en algunos casos, muy duro. A medida que los iba visionando, los borraba, para liberar espacio en su teléfono.

Cuando iba por el duodécimo video, ocurrió algo que podría parecer cualquier cosa menos una coincidencia: la chica que aparecía en la película, era Magany. Estaba casi seguro de ello. Mientras era penetrada desde atrás por un gigante tatuado hasta la coronilla, despacio y sin prisas para que el espectador disfrutara de la escena hasta en el más mínimo detalle, ella le hacía una felación a un tipejo enjuto con las manos llenas de anillos y con el aspecto de *gánster*. Llevaba puestas unas gafas, qué le conferían el aspecto serio e intelectual de una bibliotecaria, o de una docente. Lo que la hacía más deseable en aquella filmación era precisamente su apariencia tímida y apocada.

Pepe vio disiparse todas sus dudas cuando ella comenzó a hablar, suplicando a los dos sementales, con esa voz angelical que él había reconocido de forma inmediata, que jugaran con ella a algo aún más duro, más brutal, más intenso.

El abrazo infinito

El VIEJO Y EL CAMINO

Dedicado a Orlando

"La condición humana queda perfectamente reflejada en el caso de aquel borracho que, a altas horas de la noche, estaba fuera del parque golpeando la verja y gritando: ¡Dejadme Salir!"

Antony de Mello, La oración de la Rana

Los padres de Lucas iban a ver a su tío Rosendo, que vivía en una casita de campo cerca de Santa Brígida, para pasar la tarde con él. Lucas, que tenía entonces dieciocho años, apenas se despegaba de ellos. Era un muchacho flaco y nervioso, que libraba una guerra abierta contra su propia timidez, hecho que le confería una actitud beligerante con respecto a todo lo que lo rodeaba. Sin embargo, en su mundo interior, tras ese continuo conflicto que lo desgastaba, latía un corazón puro. Él vivía con sus padres en Los Portales de Arucas, en una casa que quedaba casi oculta en medio de una lujuriante vegetación y detrás de antiguos árboles de gran porte.

El tío Rosendo era un hombre mayor, ya retirado; un solterón que el resto de la familia tachaba de excéntrico.

No por eso lo rechazaban, pero ya nadie esperaba de él un comportamiento que pareciera razonablemente convencional.

Nunca habían visto un árbol de Navidad ni un Portal de Belén en su casa. El televisor estaba casi siempre sin enchufar, y su teléfono, de un modelo prehistórico, casi siempre desconectado. No le importaban los aniversarios ni los cumpleaños de nadie, y menos aún los suyos. Su soltería en sí misma, y su pasión por los viajes, le resultaban chocantes a la mayoría de la gente de su generación. Es un intelectual, solían concluir con cara de circunstancias los que se tenían por más avezados.

De todo ello no deberíamos extraer la conclusión de que se tratase de un hombre deprimido o amargado. Muy al contrario, el tío Rosendo causaba envidia a muchos por su cautivadora sonrisa, una sonrisa que no se limitaba a brillar en sus labios, sino que encendía sus ojos, e iluminaba toda su persona, de pies a cabeza.

El tío Rosendo, que desde su juventud había tenido un aspecto enjuto, correoso y de rasgos negroides aunque de piel muy clara, ahora presentaba un cabello enteramente blanco, y se había dejado crecer una barba que parecía la prolongación de su cándida cabellera en descenso hasta la quijada y el mentón.

Era un día primaveral. Mientras los mayores conversaban en el jardín con vistas al barranco de Las Goteras, Lucas entró en la casa, y se dedicó a husmear. Conocía bien la cocina y la sala, pero rara vez había entrado en el dormitorio de su tío, y nunca a solas. Esa vez, aprovechando la ocasión, decidió pasar para curiosear un poco. El cuarto era luminoso y de una sencillez y austeridad propias de la morada de un ermitaño. No había fotos ni cuadros, pero el blanco inmaculado de las paredes y la luz abundante que penetraba a raudales por la ventana de madera, unidos al orden matemático de los escasos objetos que se encontraban allí, redundaba en un luminoso vacío, que confería al cuarto una atmósfera de profunda paz. Una mesa de estudio, un camastro, un armario y una estantería cargada de libros era todo su mobiliario. Desde la ventana, Lucas disfrutó de una impresionante vista del barranco, con sus fincas de aguacates y mangos en lo más hondo. Viniendo del otro lado, junto al armario, sintió el reclamo de la estantería cargada de libros. Títulos tan extraños como "La Danza de los Maestros" o "La Hipótesis Gaia", o "Resonancia Mórfica y hábitos de la naturaleza" compartían estantes con muchos otros de los que nunca había oído hablar.

Tomó un libro al azar, lo ojeó, leyendo anárquicamente, aquí y allá, un párrafo o una página entera. Luego tomó otro libro, y otro más.

Se detuvo largo rato ante un último volumen, que hablaba acerca del que parecía ser un maestro espiritual de oriente.

Siendo aún niño, miembros de una influyente escuela esotérica europea, vieron en él la manifestación del Buda Maitreya, el nuevo Mesías, el Salvador de la humanidad. Lo educaron y entrenaron para tal fin, e instituyeron alrededor de su persona una nueva religión, que iba a ser, según ellos, la religión de la humanidad futura.

No podían imaginar que ese muchacho, en cuanto se hiciera adulto, disolvería la secta que lo proclamaba el Mesías, declarando que cada hombre debe ser su propio maestro, y que no existe ningún camino que conduzca a la verdad. Dio ese paso exponiéndose a renunciar al apoyo económico de muchos de sus secuaces más adinerados.

Lucas soltó el libro. Algo enorme, desmesurado, se removió en su interior al leer aquello: algo parecido a un temblor de tierra, o al estruendo de un objeto muy grande y pesado al desplomarse.

Era, y aún en la actualidad, es muy frecuente, oír decir frases como esta: "nuestra religión es el único camino que lleva hasta Dios" o, "todas las religiones son senderos que conducen a la Verdad". Y llega este señor con pinta de sabio, y dice: "No existe ningún camino que conduce a la verdad". Aun no sabía muy bien por qué, pero esa frase había sido para él como un obús que acababa de dar contra el duro casco de su navío, hundiéndolo al instante.

Lucas quedó noqueado por esta experiencia durante semanas. Una honda confusión se fue apoderando de él, y no podía soportar la idea de que jamás saldría de la ignorancia. No de la ignorancia de números y letras, de proporciones y medidas, de artes y ciencias, sino de la ignorancia fundamental: la de lo que él apenas atinaba a definir cómo "lo esencial". Afirmar que no hay ningún camino que conduzca a la verdad equivalía a decir, para él, que aquella está definitivamente fuera del alcance del ser humano. Eso nos condenaría a todos a permanecer, de por vida, en un desconocimiento absoluto de la naturaleza profunda de las cosas. La vida del ser humano sería entonces un ciego deambular a tientas y sin rumbo, hasta el último de sus días.

El abrazo infinito

II

Se vio a sí mismo de pie, en un ancho pasillo muy iluminado, en cuyas paredes había unas diez o doce puertas cerradas. No recordaba cómo había llegado hasta allí. No podía volverse hacia atrás, solo podía mirar hacia las puertas de aquel pasillo que estaban frente a él, y lo atormentaban estas preguntas: ¿Cuál es la salida correcta? Dios mío… ¿Por dónde echaré?

Pasó un tiempo que le pareció larguísimo, tal vez varias horas, y la tensión aumentaba. No había donde sentarse, ni tan siquiera un mueble, ni un espejo, tan solo esas puertas cerradas… - a veces eran trece, las contaba de nuevo y eran siete, una vez más y eran once - y, envolviéndolo todo, como si fuera una densa neblina, aquella duda. Sentía que las piernas le temblaban, quería orinar, tenía hambre. Perlas de sudor caían por su frente, y tuvo que parpadear para conseguir que no entraran en sus ojos. Los cerró, y al reabrirlos, ya no vio ninguna puerta. Solo las paredes en blanco del pasillo. Se sintió atrapado: no había ninguna salida, todas aquellas puertas que pocos momentos antes estaban allí, ante él, no eran más que espejismos. Sintió una angustia indecible, que lo sacudió como un golpe de látigo, e hizo que despertara sobresaltado. Solo era un mal sueño, pensó reconfortado, y se vio en su cama, las sábanas empapadas de sudor.

Con el tiempo, ese sueño se hizo recurrente.

Al despertar sentía que había un nexo entre esa horrible pesadilla y la frase que lo atormentaba: no existe un sendero que conduce a la verdad.

A través de siglos, los seres humanos diseñaron caminos cada vez más atrayentes y sugestivos, llenos de símbolos, acertijos, mitos, tratando de asir lo inasible, en un esfuerzo vano de alcanzar lo atemporal, realizando un trayecto en el tiempo. Pero al final, para Lucas, aquellos solo eran meros entretenimientos; era como entrar en una sala llena de máquinas tragaperras y acabar gastándose el sueldo en juegos que ofrecen fabulosos premios a quien logra alcanzar la meta, tras un largo recorrido plagado de peligros e insidias.

Cualquier cosa era válida, con tal de que pudiera apartar de uno, por unos instantes, ese cruel sentimiento de vacío, la angustia de percibirse desterrado de la esencia.

De un modo u otro debía salir de esa confusión, necesitaba ver con claridad. No tuvo que tomar decisión alguna al respecto. Quería, en cuerpo y alma, ver a ese hombre en persona. Y eso era innegociable: iba a ir el próximo verano, al terminar las clases.

El abrazo infinito

III

El tío Rosendo le pagó el pasaje, e hizo todo lo que era preciso para que viajara a los Alpes suizos. Allí, aquel hombre sabio solía dar charlas al aire libre, o si el clima no acompañaba, en grandes carpas que se montaban para la ocasión. El muchacho se quedaría en una pequeña habitación de hotel que su tío le había reservado.

El día de la primera charla fue espléndido, los Alpes nevados se perfilaban con total nitidez al fondo del hermoso parque. Desde muy temprano un equipo de personas, sobre una tarima de poco más de un metro de altura, ubicada bajo una arboleda umbrosa, realizaba los últimos preparativos. En el centro de la tarima, había una silla y un micrófono. A un par de metros frente a la misma, se dispusieron varias filas de sillas plegables, que poco a poco iban siendo ocupadas por personas de todas las edades. Después de algunas pruebas de sonido, y de una breve presentación por parte de una dama que pertenecía al equipo de organización del evento, subió al escenario, no sin cierta dificultad, el anciano. Era de raza india, delgado, con el cabello enteramente cano, y de vestimenta elegante en su sobriedad. Lucas vio una severa nobleza en la mirada y en los rasgos faciales de aquel hombre.

Las charlas eran en inglés, un inglés que el anciano se esforzaba fuese accesible a todos, sin tecnicismos ni expresiones doctas que lo hicieran de difícil comprensión para la gente corriente. Era el caso de Lucas, que, gracias a eso, podía entender la mayor parte de lo que allí se decía. Más tarde, por si se le escapara algo, siempre existía la posibilidad de ver en video las charlas traducidas, o con subtítulos, en salas acondicionadas para ello.

La charla se alargó por el espacio de dos horas, incluyendo unos minutos de descanso. El anciano se expresaba de forma simple y clara, con una voz algo cansina, pero llena de pasión.

Habló del mundo, del conflicto, del miedo y del deseo, de realidades de la vida cotidiana que interesan y preocupan al ser humano de todos los países, razas y latitudes.

Lucas salió de allí tan confuso como antes, pero al mismo tiempo, lo invadía una extraña serenidad, que le hacía sentirse capaz de vivir con aquella confusión y de contemplarla sin tanto horror. Y aquello sí que era novedoso en él. Mientras iba andando hacia el hotel, vio a un par de metros de distancia una muchacha de aspecto nórdico, que le sonreía con aire tímido. Cómo mucha gente allí, tenía una apariencia bastante intelectual y progresista. Era un retoño del estado del bienestar, de eso no había duda, pero en sus ojos y en su actitud, se apreciaba una sincera y honda preocupación por la situación del ser humano a escala mundial.

—Hola, me llamo Renata —dijo ella en inglés.

—Yo Lucas, ¿hablas español?

—Sí, bastante bien, he ido varias veces a España, básicamente para aprender el idioma. Es un país que me fascina. ¿De qué parte de España eres?

—Canarias. Soy de Las Palmas. —Lucas respondió aliviado por la comodidad de poder hablar en su idioma con alguien, por fin.

— ¡Las Palmas! ¡Tengo una tía que vive allí, en el sur de gran Canaria! Está jubilada y se compró un dúplex en el que vive muy bien, rodeada de gente escandinava. Se puede decir que el lugar donde vive es un pequeño pueblo sueco en el sur de Gran Canaria.

— ¿Eres sueca entonces?

—Sí, —dijo ella sonriéndole.

Lucas estaba contento: había ganado una amiga. Alguien con quien compartir aquello. Ya no se sentía tan solo.

IV

— ¿Cómo conociste al anciano? —Le preguntó a Renata.

—En la universidad tenía una amiga que me pasó un libro suyo. Yo en esa época me interesaba por las religiones tradicionales, como el budismo, el cristianismo, etc. Practicaba meditación zen, y estaba volcada de lleno en aquella búsqueda, así que el leer al anciano fue traumático para mí, porque supuso un parón en seco. Y yo era un bólido por aquel entonces.

—Para mí fue igual. —Comentó Lucas.

—De hecho, aún no he logrado asimilar muchas cosas. Tú, por ejemplo, ¿Qué me dices de afirmaciones tales como la de que "no hay caminos que conducen a la verdad"?

—Esa es precisamente una de las que casi me dejaron fuera de juego.

Aseguró ella.

—Para mí era inaceptable la idea de que las enseñanzas espirituales del pasado fueran tan solo una broma de mal gusto dirigida a toda la humanidad, o sencillamente, que los líderes de todas las religiones, excepto el que tú llamas "el anciano", fuesen una pandilla de ciegos empeñados en guiar a otros ciegos. No me cuadraba.

— ¿Y cómo lo ves ahora?

— ¿Ahora? La única certeza que tengo es la de que no hay camino. Es todo.

Lucas, calló, admirado por la resolución con la que la muchacha había pronunciado aquellas palabras. Pero, en lo que a él se refería, seguía atormentado por la duda de si verdaderamente miles de años de espiritualidad no eran más que una grandísima bufonada… y recordó algo que un día le dijo su tío Rosendo:

—Es preciso aprender a vivir con la duda. Con demasiada frecuencia, la prisa por dar respuesta a un cuestionamiento no nace de una mente verdaderamente indagadora, sino de una mente asustada, que necesita resolver sus interrogantes del modo más rápido y verosímil posible, para quitarlos de en medio, archivándolos con el sello de "caso resuelto".

Cuando actúas de ese modo, es que no estás interesado en comprender nada. Vive, pues, apasionadamente con esa pregunta, hasta que ella misma de su propia respuesta, al igual que el árbol da su fruto.

—De todas formas —concluyó Renata,
—pienso que tal vez muchos seres humanos no estuviesen listos para entender algo tan abrupto cómo una espiritualidad sin caminos...
Por otro lado, en muchos casos, dentro del fenómeno religioso en general, quizás no haya que tomar la expresión "camino" al pie de la letra: a menudo, las religiones se expresan en términos metafóricos, y a las palabras no siempre se les debe dar el significado que aparece en el diccionario.

Renata y Lucas quedaron para ir juntos a la siguiente charla, que versaba sobre el tiempo y el pensamiento.

Durante la misma, Lucas tuvo la sensación de que el anciano, al hablar, casi todo el tiempo se dirigía a él.

Por mucho que se esforzara en convencerse de que era una ilusión, y que seguramente a muchos les ocurriría lo mismo, Renata se lo confirmó: lo miraba a él.

Todo lo que se dijo en aquella charla lo fascinó, pero, de nuevo, era como si intentara entrar en un fabuloso palacio desprovisto de puertas y ventanas: era realmente hermoso, de una arquitectura impecable, coherente y armoniosa, pero por alguna razón no había por donde acceder a él. Aquella era una situación que lo condujo a un estado de malestar interior próximo a la desesperación.

Renata lo escuchaba sin decir nada, y él sintió que ella ya había pasado por aquello. De pronto, ella, hizo aquella extraña afirmación, que parecía más bien un acertijo:

— ¿No será que ese palacio no tiene puertas porque no las necesitas? ¿Tal vez porque ya estás dentro? Quizás, presa de un espejismo, tratas de entrar en él como si estuvieras en su exterior.

Aquella noche Lucas volvió a tener la misma pesadilla. El mismo pasillo intensamente iluminado, las mismas puertas, que al poco rato desaparecieron, dejando el pasillo sin salida, y la misma angustia que había sentido anteriormente. Comenzó a sudar, y tras un rato que le pareció eterno, oyó una voz como de ultratumba a sus espaldas, que lo llamó:

—Lucas… Lucas…

En un instante, giró sobre sus talones, hacia la parte del pasillo que siempre había tenido a sus espaldas, ya que en el sueño le había sido imposible, hasta el momento, volverse hacia atrás.

Solo pudo ver una puerta totalmente abierta, de la que emanaba la luz cegadora que llenaba el pasillo.

A continuación despertó sobresaltado.

V

En la última charla se abordó el tema de la muerte.

Al final de cada conferencia, el anciano acostumbraba a irse a pie por un hermoso camino que surcaba los campos. Era sabido por todos que después de hablar durante casi dos horas, le encantaba hacer el camino de regreso a casa en silencio, sin ser perturbado. Aun así, siempre había quien intentara abordarlo y pedirle un autógrafo, o plantearle algún problema personal.

Aquel día no fue así: no había nadie. Solo, a cierta distancia del camino, Lucas esperaba el momento de verlo pasar. Habría deseado tanto andar a su lado, aunque fuera en silencio,

—en el silencio laten, a veces, los mensajes más profundos y reveladores —pensó, pero no se atrevía, ni tampoco quería correr el riesgo de resultar molesto. Se conformaría con verlo.

Cuando el anciano pasó por ese tramo del camino, giró su cabeza, como si supiese que Lucas se encontraba allí. Estaban como a diez metros de distancia el uno del otro. De pronto, el viejo se detuvo, le sonrió, y le hizo un gesto con la mano, como para invitarlo a acompañarle.

Lucas se paralizó: lo habitual era que el anciano rehuyese todo contacto con la gente tras esas reuniones, entre otras cosas también por su carácter, muy proclive a la soledad y a la silenciosa contemplación de la naturaleza.

La reacción de Lucas fue saludar con un nervioso gesto de la mano al viejo, sin moverse ni un milímetro de donde estaba. No era capaz de reaccionar de otra forma ante algo que hacía tan solo un instante no habría concebido que fuera ni tan siquiera posible.

El anciano volvió a sonreírle, y siguió andando, tras devolverle el saludo agitando su mano.

Meses después, el viejo moriría, y Lucas atesoró la memoria de ese encuentro cómo la del último adiós de aquel hombre sabio.

¿Habría perdido una oportunidad de oro al no acudir a su llamada?

Pasados los años, aún siguió preguntándose si debió ir tras él, si lo mejor hubiese sido seguirlo. Su esposa, Renata, insistía en que no, que muy probablemente el viejo había percibido algo especial en él, y lo quería conocer más de cerca. Y nada más.

—En realidad, —pensó Lucas, finalmente, —lo que ahora más me pesa es no haber podido, aunque solo fuese por unos minutos, conversar con él, y andar a su lado sin perseguir nada, sin ambicionar nada, cómo lo harían dos buenos amigos.

El abrazo infinito

ÍNDICE

El abrazo infinito

El abrazo infinito

El abrazo infinito